嫁取り雨

四ノ宮 慶

幻冬舎ルチル文庫

CONTENTS ✦目次✦

狐の嫁取り雨

✦カバーデザイン＝久保宏夏（omochi design）
✦ブックデザイン＝まるか工房

イラスト・高星麻子✦

狐の嫁取り雨

【プロローグ】

澄み渡った青空に浮かぶ雲は、ちぎれ流れた薄雲ばかり。

「ばあちゃん。お日様出てるのに、雨降ってきた」

縁側で祖母の膝《ひざ》に抱かれたまま、軒《のき》の下から空を見上げる。

「おやおや、狐《きつね》の嫁入《よめい》りだねぇ」

祖母は少し慌てた様子で、拓海《たくみ》を膝から下ろして庭に出た。物干竿《ものほしざお》に並んだ洗濯物を取り入れるためだ。

「狐の、嫁入り？」

「お天気雨のことをそう呼ぶんだよ」

目尻《めじり》に深い皺《しわ》が刻まれた祖母の穏やかな笑顔を不思議に思いつつ首を傾《かし》げる。

「お稲荷様《いなりさま》は嬉《うれ》しいことがあると雨を降らせなさるんだ」

「雨降っても、嬉しくないよ」

当たり前だろうとばかりに唇《くちびる》を尖《とが》らせると、祖母が楽しげに笑って小さく肩を揺らした。

「お稲荷様の雨は恵みの雨だ。嬉しいことや楽しいことがあると、こうやって雨を降らせて人や土地や山々に水を恵んでくださるんだよ」

雨降りなんて、外で遊べないし、傘をささなきゃならないし、何も楽しくないのに――。

「ふーん」

祖母の話にはどうも納得できなかった。

けれど、青空から降り注ぐ銀色の雨粒は、ひとつひとつがキラキラと光っていて、とてもきれいだと思った。

【一】


四月上旬の、ある日の昼下がり。

今にも雨が降りだしそうな空の下、笠居《かさい》拓海は山間のとある駅に降り立った。

東京から電車を乗り継いで二時間半と少しの温泉町は拓海の故郷だ。昔は湯治場《とうじば》として栄えたらしいが、今は人口の減少に伴って宿が減り、すっかり寂れてしまっている。

「さっきまであんなに晴れてたのに……」

低く垂れ込めた雲を恨めしげに見上げ、キャリーバッグを引いてバス停に向かった。平日の昼間ということもあってか、駅前の小さなロータリーは人影もまばらだ。

拓海が地元に戻ってきたのは、昨年末以来だった。本当は高校卒業後、そのまま東京で進学するつもりだったのが、年末に事情が変わった。

いよいよ大学受験も本番というときになって、寮の事務室に実家から電話が入ったのだ。

『拓海、お父さんが倒れたの。脳梗塞《のうこうそく》だって……』

あんなにか弱くて不安そうな母の声を、拓海は十八年の人生で一度も聞いたことがなかった。

大学で民俗学を勉強するという夢を諦め、拓海は母と祖母に乞《こ》われるまま、江戸時代末期から代々続く温泉宿を手伝うことに決めたのだ。

帰郷が四月になったのは、高校卒業と同時に自動車免許取得の合宿に参加していたためだ。田舎《いなか》暮らしに車は欠かせない必需品だった。

本音を漏《も》らせば、戻ってきたくなどなかった。全寮制の学校に在学中も、長期休暇ですらあまり帰省せずにいたくらいなのだ。

拓海は地元に、あまりいい思い出がない。

「……出たばっかりだ」

小さなロータリーの端のバス停で時刻表を見て溜息《ためいき》を吐《つ》く。次のバスまでは一時間近く待たなければならなかった。以前なら父が駅まで迎えにきてくれたが、それはもう無理だ。母も祖母も運転免許を持っていない。

一瞬、チラッと暇そうに客待ちしているタクシーに目を向けたが、拓海にはとても贅沢《ぜいたく》に思えた。

――仕方ない、歩こ。

拓海はキャリーバッグを引いて家まで歩くことにした。

駅前に広がる町の中心部から実家のある温泉場までは、ゆっくり歩いても三十分かからない。

心配なのは、空模様だけ。

町を抜けて川を渡り、小川沿いのなだらかな坂道に差しかかったところで、祈りも虚しくポツポツと雨が降り始めた。

「……やっぱり、降ってきた」

溜息を吐くと同時に、右の尻にシクシクとした痛みを覚える。

拓海は苦い顔をして先を急いだ。

本降りになる前に、着けるといいけど……。

この先しばらくは田んぼや畑が広がっているだけで、雨宿りできるような場所は一カ所しかない。

田起こし前の田んぼに植えられたレンゲ草が、雨に打たれてパラパラと音を立てる。そこに拓海のキャリーバッグを引く音が重なった。

やがて、地元の氏神《うじがみ》である天守《あもり》稲荷神社の鳥居《とりい》が見えてきたあたりで、とうとう土砂降りになってしまった。アスファルトの地面を叩《たた》く雨粒が跳ね上がり、拓海の足許《あしもと》もびしょ濡《ぬ》れだ。

「……ああ、もうっ！」

拓海は忌々《いまいま》しげに舌打ちすると、キャリーバッグを抱えて一之《いちの》鳥居をくぐった。そうして一気に石段を駆け上がる。二之《にの》鳥居をくぐって境内《けいだい》の左手にある手水舎《ちょうずや》に駆け込むと、そこでようやくホッと息を吐いた。

「なんだって……こんな降るんだよ」

背負っていたワンショルダーのバックパックからタオルを取り出し、頭や顔、肩を拭《ぬぐ》う。

多少お金がかかってもタクシーを使えばよかったと後悔しても後の祭りだ。

癖のない黒髪からしたたる雫《しずく》を拭いながら、拓海は雨に煙《けむ》る境内を見渡した。

天守稲荷神社はこの町が湯治場として最初に栄えた江戸時代中期に創建された神社だ。稲荷神を祀《まつ》っていることもあってか、狐に関する伝説や噂話《うわさばなし》が数多く残っている。神社をいだく天守山には大きな白狐が棲《す》んでいるとか、夜になると狐火が境内に飛び交うなど、まことしやかに語り継がれていた。

しかし、拓海はもちろん、町の誰も白狐はおろか狐火を見た者はひとりもいない。

雨はザーザーと激しくなる一方で、鬱蒼《うっそう》とした木々に囲まれた境内は黒い雲に覆われていた。駅に降り立つまでの晴天が嘘《うそ》のようにあたりは薄暗く、雨足の激しさに境内の様子もはっきりと見てとれない。

拓海の脳裏《のうり》に、幼い頃、祖母から聞かされたお天気雨についての話が浮かんだ。

『お稲荷様は嬉しいことがあると雨を降らせなさるんだ』

……何も、嬉しいことなんかないのに、なんでこんなに降るんだよ。

シクシクと疼《うず》く尻を右手で摩《さす》りながら、胸の内で独りごつ。

そのとき――。

「雨宿りですか」

不意に背後から声をかけられ、拓海は声をあげて跳び上がった。

「うわぁっ！」

雨音を切り裂くような大声に自分でびっくりしつつ振り返ると、見知らぬ男が立っている。

――お稲荷様の、宮司《ぐうじ》さんかな？

長身で整った顔立ちの男は、狩衣《かりぎぬ》と呼ばれる衣装を身に着けていた。

「ど、どうも」

ゆっくりと向き合って軽く会釈する。

直後、拓海は目の前の男の容姿に目を奪われた。

宮司らしき男は拓海より二十センチ近く上背《うわぜい》がある。肌《はだ》は精巧な人形みたいにつるりとして、二重の眦《まなじり》は切れ上がり、鼻筋もスッととおっていた。

それだけなら、モデルか俳優みたいにかっこいいと思っただけだろう。

「……あ」

しかし、頭頂部近くで元結《もとゆい》でまとめられた髪はほぼ白に近い灰色がかった長髪で、拓海を見下ろす双眸《そうぼう》は、角度によっては血のように赤く見える、随分と怪しい風貌《ふうぼう》をしていた。

作りものめいた美貌を茫然《ぼうぜん》と見つめていると、男がにこやかに問いかけてきた。

「どうかしましたか？」

絵に描いたような美男だが、どこか具合でも悪いのか、酷《ひど》く青白い顔をしているのが気になった。

「え、いや、あの……っ」

不躾《ぶしつけ》に相手の顔を凝視《ぎょうし》していたことに気づいて、拓海は慌てて目を伏せる。

視線を足許に落とした拓海は、男の袴《はかま》の裾《すそ》に目をとめハッとなった。土砂降りの雨に拓海の足許はグズグズに濡れているのに、男の衣装は少しも濡れていないのだ。

——なんで、濡れてないんだろ？

不審に思いつつも、何故《なぜ》だか恐怖は少しも感じない。

「すっかり濡れてしまっているではありませんか。ほら、手拭いをお使いなさい」

男は拓海が訝《いぶか》しんだ目で見返すのも気にしない様子で、芥子色《からしいろ》の手拭いを差し出す。

「あ、ありがとう……ございます」

拓海がおずおずと受け取ると、男は満足そうに微笑《ほほえ》んだ。

悪い人じゃ、なさそうだな。

借りた手拭いでもう一度顔や腕を拭《ふ》いて、自分のタオルでキャリーバッグや泥はねした足許を拭う。

もしかすると拓海が気づかなかっただけで、男は雨が降り始める前から手水舎にいたのかもしれない。

気分が暗く沈んでいるから、変なふうに考えてしまうんだと、拓海は胸に広がりかけていた疑念を振り払った。

「それにしても、久しぶりですね。拓海」

「え？」

いきなり名前を呼ばれて、拓海は再び驚かされる。

「……どうしてオレのこと？」

拓海は必死に記憶の引き出しを探ってみたが、目の前に立つ風変わりな男のことなど欠片《かけら》も覚えてはいなかった。

しかし、男はそうではないらしい。少し身を屈《かが》め、拓海の顔を覗《のぞ》き込むようにしてにこりと微笑む。

「よく知っていますよ。幼い頃から毎日、太鼓《たいこ》の上達祈願に、お参りしていたでしょう？それに、ほかの童たちと境内でよく遊んでいました。いつも元気で、人の心を気遣える、よい子だと思っていましたから」

拓海は声も出なかった。確かに昔はよく、この境内で近所の子どもたちと遊んだし、秋の祭礼で奉納される太鼓の叩き手になりたくて、その上達祈願にも訪れていた。

けれど、拓海は一度としてこの男と会ったことはない。

それだけは間違いがなかった。

どこの誰ともわからない、容姿も怪しい男が、一方的に自分を知っているというのは気持ちが悪い。

拓海は意を決して、胸に溢《あふ》れる疑問を確かめることにした。

「あの、失礼ですが……」

一応、目上の人に対する礼を失してはならないと、口調に気をつけつつ男の顔を仰《あお》ぎ見る。

「はい、なんでしょう？」

見上げるほどの長身だが、ふわりとした穏やかな佇《たたず》まいのせいか、見下ろされても圧迫感を感じない。

それどころか、赤褐色の瞳に見つめられると、不思議な安心感を覚えた。

「あの、オレがこっちにいた頃は、お正月と秋祭りのときぐらいしか、宮司さんはいらっしゃらなかったと思うんです。確か、ふだんは氏子中《うじこじゅう》の人とか、総代《そうだい》の家がお社《やしろ》の管理をしてるって……」

拓海の父もかつて、氏子総代の役を担ったことがある。

すると男がすかさず言葉を継いだ。

「今年の秋の祭礼は、天守稲荷神にとって今までになく重要な意味を持つので、いろいろと準備があるのですよ」

「重要な、意味？」

鸚鵡返《おうむがえ》しに訊《たず》ねると、男が少し困ったような表情を浮かべた。

「ええ。なかなかこのようなことは、ないのですが……」

男の声音に憂いがよぎる。

意味深な台詞《せりふ》に、拓海はすぐ問い返した。

「このような、こと？」

しかし、男は優しく微笑むだけで「心配するようなことではありません」と言ってとりあわない。

男の表情はもうすっかりもとに戻っていた。最初、血の気もなく青白かった頬《ほお》や目許にも赤みが差している。

――ホント、きれいな顔してるな。

まっすぐ自分を見つめる男の容貌に、つい見蕩《みと》れてしまう。

白い髪に赤い目だなんて、見るからに怪しい。

それなのに、何故か拓海は男を嫌悪する気持ちになれなかった。切れ長の双眸に見つめられ、心地よいテノールで優しく話しかけられると、なんだか懐かしいような気さえしてくる。

――もしかして、覚えていないだけで、子どもの頃に会ってたりすんのかな。

黙り込んで自分を見つめる拓海を、男が不思議そうに、けれど微笑みは絶やさずに見つめ返す。

「拓海？」

男が一歩足を踏み出し、狩衣の袖を揺らして手を伸ばしたとき、突如として拓海の尻の右側に激しい痛みが走った。

「痛っ……」

ズキズキと皮膚《ひふ》の内側から激しく疼く。こんなに痛むのははじめてのことだ。

「うぅ……。なんだよ、急に……っ」

まともに立っていられなくて、拓海は背を丸めて身を捩《よじ》った。尻が、焼けるように熱い。

「拓海、どうしたのです？」

急に苦痛を訴え出した拓海を不審に思ったのか、男が大きな手で拓海の背に触れた。そうして痛みを和らげようと、優しく摩《さす》ってくれる。

「どこか、痛むのですか？」

落ち着いた声にかすかに不安が滲《にじ》んでいた。

そのとき、雨がいっそう強さを増し、手水舎の屋根を激しく叩き始めた。

痛みを堪《こら》える拓海の呻《うめ》き声も、男が呼びかける声も、バケツをひっくり返したような雨音に掻《か》き消されてしまう。

「ああ、可哀想《わかいそう》に……。拓海、どこが痛むのです。私に見せて……」

男の腕がしっかりと拓海の身体《からだ》を抱き支え、俯《うつむ》く顔を覗き込んだ瞬間――。

カッと薄暗い空が光ったかと思うと、雨音を引き裂くようにして雷が落ちた。

「――ッ！」

地響きが轟く中、拓海はハッとして我に返る。

「拓海？」

目の前に男の顔があった。何もかも見透かされそうな透きとおった赤褐色の瞳に見つめられ、ゾクッと背筋が震える。

痛みのあまり、尻が爛《ただ》れて融け落ちるような錯覚を覚え、拓海は唇を戦慄《わなな》かせた。

「あ、あ……」

続けざまに雷が鳴り響く。まるで拓海を責めるように……。

理由のわからない恐怖におののき、拓海は腕を思いきり突っ張って男を押し返した。

「……拓海？」

男が裏切られたような顔をする。ずぶ濡れの拓海に触れたせいで、狩衣が濡れてしまった。

呵責《かしゃく》が胸を嚙《か》む。

「ご、ごめんなさい……っ」

拓海は咄嗟《とっさ》にキャリーバッグのハンドルを摑《つか》むと、雨の中に飛び出した。

「拓海……っ！」

追い縋《すが》る男の声を振り切って、逃げるように境内を後にした。

「ハァッ……ハッ、ハァッ」

ザーザーと激しく降り続く雨の中、石段を転げ落ちそうになりながら駆け下り、一之鳥居をくぐってなだらかな坂道を駆けていく。

雷鳴が拓海を追いかけるようについてくる。

心臓が、引き絞られるように痛んだ。

最後に見た男の悲しげな表情が忘れられない。

苦しむ拓海を助けようと手を差し伸べてくれたのに、拒絶されて、傷ついた顔をしていた。

天守山に沿って右にゆるくカーブするなだらかな坂道を、息を切らしてひたすら走る。

「……ハァッ」

やがて山の頂《いただき》へ続く道から左にそれる脇道の手前まできたとき、拓海はふと立ち止まった。

道沿いに流れる小川のせせらぎを耳にして、ハッとして周囲を見渡す。

気づけば雷は鳴り止み、南国のスコールを思わせる激しい雨が嘘のように、空は青々と晴れ渡っていた。

拓海はゆっくりと天守山を仰ぎ見た。さっきまであんなに分厚い灰色の雲に覆われていたのに、澄んだ青空の下で新緑の木々が春風にそよいでいる。

拓海は深い溜息を吐いた。

尻の痛みもすっかり引いている。

何がなんだか、わからない。

まるで、狐につままれたみたいだ。

天守山に伝わる昔話を思い出しつつ、拓海は再び歩き始めた。

遠く聞こえる雲雀《ひばり》の明るい鳴き声と相反して、心は暗く沈んでいる。

——お稲荷様には……近づかないって、決めてたのに……。

ずぶ濡れの身体を引き摺《ず》るようにして歩きながら、拓海はふと左手に握った手拭いに気づいた。

「あ」

謎めいた男が貸してくれた芥子色の手拭いには、稲穂の柄が染め抜かれている。

「どうしよう……」

咄嗟に逃げ出したせいで、返すのを忘れてしまった。礼儀としては洗濯して返すべきだと思ったけれど、そのためには天守稲荷神社へいかなくてはならない。

「困った……な」

もう一度ぽつりと呟《つぶや》いて、拓海は小川にかかった橋を渡り、温泉場へ向かう脇道をとぼとぼと歩いた。

江戸時代末期から続く民宿『笠居屋』は、当時の建物をほぼそのまま残した昔ながらの温泉宿だ。黒い瓦屋根《かわらやね》は重厚感を演出し、梁《はり》や柱は黒光りしてその古さを物語っている。大正時代に造成された庭も評判だ。

泉質の良さと建物に惹《ひ》かれたリピーターがそこそこいるが、決して経営状態は芳《かんば》しくはないことを拓海もよく知っていた。

「ああ、ほらやっぱり。ずぶ濡れになっちゃって」

間口の広い表玄関を避け、勝手口から帰宅した拓海を出迎えたのは、作務衣《さむえ》を着た母だった。

「ただいま、母さん」

くぐもった声で帰宅の挨拶をする拓海に、母は驚いた様子もなくバスタオルを渡してくれた。

「天気予報は今日一日晴れだって言ってたのに、急に雨が降ったから、きっと拓海が近くまで帰ってきてるんじゃないかって、おばあちゃんと話してたのよ」

拓海はバスタオルで身体を大雑把に拭ってから、靴と靴下を脱いで上《あ》がり框《かまち》に上がった。

「父さんは、部屋？」

「うん、知らん顔してるけど、あんたの顔見たくてウズウズしてるはずよ。でも先にお風呂《ふろ》に入りなさい」

拓海の家族が暮らす家は、かつて離れとして使われていた平屋の建物だ。宿として使っている母屋《おもや》とは渡り廊下で結ばれている。

母と話していると、土間の向こうに続く台所から、祖母がちょこちょこと小走りにやってきた。

「まあまあ、拓海。お帰りなさい。あれまあ、ずぶ濡れじゃないか」

六年間、離れて過ごした孫と再び一緒に暮らせるのがよほど嬉しいのだろう。皺だらけの顔を余計に皺くちゃにして笑う。

「ばあちゃん、ただいま」

「また少し背が伸びたんじゃないかい？」

「ダメだよ、ばあちゃん。濡れちゃうだろ」

祖母は自分が濡れるのも構わずに、大きく成長した孫を抱き締める。

「それにしても、よく帰ってきてくれたねぇ。それに随分と、優男《やさおとこ》になってまぁ。小さいときは真っ黒に日焼けしたヤンチャ坊主だったのにねぇ」

祖母は拓海の手からバスタオルをとって、肩や頬を何度も拭ってくれた。

「それにしても、相変わらずの雨男だね」

母がクスッと笑って茶化すのに、拓海は思わず唇を突き出した。

「そんなの、偶然だろ」

悪気はないとわかっていても、ついムッとしてしまう。

そんな拓海の心情を覚《さと》ってか、祖母が手を握って微笑みかけてくれた。

「きっと、天守山のお稲荷様も拓海が戻ってきて嬉しかったんだろう。だからあんなに雨を降らせなすったんだ」

優しい祖母の手をそっと握り返し、拓海は「風呂入ってくるよ」と言って背を向けた。

祖母は拓海が幼い頃から、お天気雨はお稲荷様の恵みの雨だと話して聞かせてくれたものだった。

けれど拓海は、さっきの雨は自分が降らせたという自覚があった。

母が言うように、拓海は自他ともに……いや、この町の人たち全員が認める、雨男なのだ。

祖母が語ってくれたお稲荷様の話は、紛れもないお伽話《とぎばなし》だと思う。

しかし、拓海が雨男だという事実は、揺るぎない。

拓海だって、生まれた頃から雨男だったわけではない。

けれど、ある事件の後から、言い逃れできないくらいの雨男になってしまった。

理由はわからないが、きっかけはあの事件だと確信している。

「……こんなにいい天気なのにな」

自宅の風呂に引いた温泉に浸かりながら、四角い窓で切り取られた青空を眺める。

「お稲荷様に近づいたから……雨が降ったんだ」

近づいただけならともかく、その神域である境内にまで足を踏み入れてしまった。

そのせいで稲荷神の怒りを買い、雷雨に見舞われたに違いない。

拓海はそう考えていた。

「全部、オレのせいだよな……」

ちゃぷんとぬめりのある湯を両手で掬《すく》い、そこに映ったゆらゆらと揺れる自分の顔を見つめる。

「お稲荷様の、バチがあたったんだ」

罪の意識が、何度も溜息を吐かせた。

【二】

幼い頃の拓海は、近所でも評判のヤンチャ坊主《ぼうず》だった。

といっても悪さをするようなことはなく、年下の面倒もよくみるリーダー的な存在で、温泉場の子どもたちはみんな、拓海を先頭に野山を駆け回ったり稲荷神社の境内で日が暮れるまで遊んだものだった。

「いつか父ちゃんよりも凄《すご》い太鼓の名手になってみせる」

そんな拓海の夢は、天守稲荷神社の秋祭りで奉納太鼓を叩くこと。太鼓の名手として誉《ほま》れの高かった父の勇姿に憧れ、祭りの時期でなくとも練習に励み、毎日学校の行き帰りに天守稲荷神社へ参っては、太鼓の上達を祈願し続けた。

しかし、転機はある日突然訪れる。

拓海が小学五年生になって、ひと月が過ぎた頃のことだ。

いつものように学校帰りに稲荷神社に寄ってお参りをした拓海は、そのまま四つ年下の陽《よう》介《すけ》と遊んでいた。陽介は温泉場に一軒ある理容室の息子《むすこ》で、拓海とは兄弟のようにして育った幼馴染《おさななじみ》だ。

「拓海兄ちゃん、また太鼓の練習？　お祭りなんてまだまだずっと先なのに」

木の枝をバチに見立て、境内の端に転がっている大きな石を叩く拓海に、陽介がつまらなさそうに言った。

「もうちょっとだけ練習したら一緒に遊んでやるから待ってろ」

奉納太鼓は拓海の身長よりもうんと大きな太鼓を使う。拓海の家にある古い蔵にも大きな太鼓があるのは知っていたが、まさか練習で叩かせてもらえるはずがなかった。

だから拓海はこうして、身近にあるものをバチや太鼓に見立てて練習していた。

秋祭りで奉納する太鼓の拍子には特徴があり、大人《おとな》でも難しいとされている。それを間違えることなく、また胴《どう》を響かせて余韻のある音を打ち鳴らすには、ひたすら練習するほかないと父が教えてくれたからだ。

学校の勉強はそれほど好きではなかったけれど、太鼓の練習は必死にやった。それこそバチの握り過ぎで手にできたマメが潰れるほどに。

「でも、マメができるのはヘタクソだって父ちゃんが言ってたな」

まだ小さな手をじっと見つめ、拓海はふぅっと息を吐いた。

気がつくと太陽が西へ傾き始めている。

「陽介？」

待っていろと言ったまま放っておいた陽介が気になって、境内に目を向ける。

すると、陽介はあろうことか、本殿の前に並んだ左側のお狐様の像によじ登って遊んでいた。

「おい、陽介！　お前、何やってんだよ！」

拓海はバチ代わりの枝を投げ捨てると、一目散に陽介のもとへ駆け寄った。

「え、拓海兄ちゃん……っ？」

陽介がギョッとなる。

「馬鹿ッ！　お稲荷様のバチがあたるぞ、早く下りろっ！」

拓海のあまりの剣幕に、陽介は一瞬で顔を青くした。

「え？　あ、わっ……わぁっ！」

あたふたとお狐様から下りようとするが、叱《しか》られたショックと焦りからバランスを崩す。

陽介は咄嗟に狐の首にしがみつこうとしたが、間に合わない。

「う、わぁ……っ」

小さな悲鳴と同時に、陽介はお狐様が咥《くわ》えた鍵を摑んだ。

しかし、経年変化で緑青《ろくしょう》色になった胴製の鍵は、陽介の重みに耐えきれずぽっきりと折れてしまった。

「あっ、陽介！」

慌てて陽介を抱きとめようと腕を伸ばす。

直後、陽介の全体重を支えきれず、拓海は思いきり地面に尻を打ちつけた。

「うぐっ……」

地面に横たわり呻き声を漏らす拓海を、陽介が心配そうに覗き込む。

「拓海兄ちゃん、大丈夫っ？」

「オレは平気だけど……」

ふと、拓海は尻の下に違和感を覚えた。

「ん？」

起き上がって尻の下を見てみると、お狐様が咥えていた鍵のようなものが落ちていた。

「あ……」

陽介がハッとして涙を浮かべる。

そのとき、突然激しい雷鳴が響き渡ったかと思うと、境内が一気に暗くなった。あっという間に空を灰色の雲が覆い、大粒の雨が降り始める。

境内を取り囲む木々が風に揺れ、天空を稲光《いなびかり》が走り抜けた。

「お、お稲荷様が……怒ってる！」

陽介が涙を目に浮かべて口走ったとおり、雷は二人を責めるみたいに繰り返し頭上で鳴り響いた。

「落ち着け、陽介。夕立だって」

泣きじゃくる陽介を宥《なだ》めつつ、本心では拓海も恐ろしくなっていた。

鍵を咥えていたお狐様を見上げると、口許に柄の部分だけが残っていた。文字どおりの狐目で、自分たちを睨《にら》みつけているような気がしてくる。

「兄ちゃん、怖いよ。帰ろうよ……っ」

頭上で鳴り響く雷が恐ろしくて仕方がないのだろう。陽介はお臍《へそ》を隠すようにして身体を丸め、早く帰ろうと拓海のシャツを引っ張った。

「でも、これ……」

折ってしまった鍵を、どうにかしないと……。

そう思った瞬間、ひと際強く眩《まぶ》しい稲光がして、耳を劈《つんざ》く雷鳴が轟《とどろ》いた。

「う、うわぁ……助けてっ！」

我慢も限界とばかりに、陽介が悲鳴をあげて逃げ出す。

さすがに拓海も恐ろしくなった。

日暮れまではまだ時間があるはずなのに、空は墨を流したみたいに真っ黒い雲で覆われて夜になったよう。そこにいく筋もの稲光が走る。

見上げたお狐様が稲光に照らし出されるのを見ていると、いても立ってもいられなくなり、拓海はとうとう駆け出した。

「ハァッ……ハアッ」

怖い、怖い。

雷が自分を追いかけてくるような気がして、無我夢中で家を目指す。

気が急《せ》いていた拓海は、稲荷神社の本殿裏の山を駆け上った。石段を下りて小川沿いの道を戻るよりも、裏山伝いに家を目指す方が近道なのだ。

山道はどんよりとしていたけれど、もう何度もとおった道だから迷う心配はない。

ただ、雷と雨が拓海を責め立て、追いかけるようについてくるのが、恐ろしくて堪《たま》らなかった。

「ごめんなさい、ごめんなさいっ」

息を切らして駆けながら、拓海は念仏を唱えるように謝罪の言葉を口にしていた。

お狐様に登って鍵を壊したのは陽介だけれど、一緒にいて注意しなかった自分も悪いという気持ちがあった。

——鍵……？

緑青色に変色した銅の鍵。

「あ」

はたと気づいて、拓海は足を止めた。大粒の雨が打ちつける中、右手で握ったものをおずおずと見つめる。

「あ、あ……」

お狐様の鍵を握ったまま逃げてきたことに今になって気づく。

血の気が引く——という言葉の意味を、拓海は身をもって理解した。

心臓のドキドキが、走っているときよりも酷くなって、息をするのもままならない。

そのとき、雷鳴と重なるかすかな音が、拓海の鼓膜を震わせた。

ずぶ濡れのスニーカーの爪先《つまさき》が、誘われるように音のする方へ向いた。

はたして、木々の向こうに現れたのは、地元で「あの滝壺《たきつぼ》に沈んだものは、二度と浮かんでこない」と伝えられている「浮狐《ふこ》の滝」だった。

その昔、人を騙《だま》してばかりの悪狐が、村人に追われて逃げ惑い、咄嗟に飛び込んだ滝だと、天守山の伝説として伝わっている。もちろん、伝説の悪狐は二度とその姿を現さなかった。

鍵をぎゅっと握ったまま、拓海は滝の飛沫《しぶき》と雨で煙る滝壺を覗き込んだ。

「……っ」

落差は十メートルほどで幅もそれほどない滝だが、鬱蒼と生い茂る木々に囲まれ、岩場に勢いよく水が落ちる様は、厳粛な佇まいで見る者を圧倒する。

天守山から滲み出した水が滝となり、気の遠くなるような年月を重ねて岩を打ち砕いて作り上げた滝壺の深さは、六、七メートルはあるという。

滝壺から流れ出した水は小川となって天守山を下り、町を流れる川に合流する。

拓海はただ無言で滝壺を見下ろしていた。

手にした鍵がどういうわけか熱くて堪らない。このままだと火傷《やけど》しそうな気さえしてくる。

「ハァッ、ハア……」

頭の中に心臓が移ってきたみたいに、鼓動が耳のすぐそばで聞こえる。喉《のど》が異様に渇いて何度も唾液《だえき》を呑《の》み込んだ。

そうして、滝の轟音《ごうおん》を打ち消すほどの雷鳴が、頭上でひと際大きく鳴り響いた瞬間。

「――っ！」

拓海は反射的に、手にした鍵を滝壺に向かって放り投げた。

「あっ……」

はたとして我に返っても、鍵は滝壺に沈んですでに見えなくなっている。

「ど、どうしよう……っ」

ガタガタと全身が震え、立っていられなくなってその場にしゃがみ込んだ。

恐ろしさのあまり、涙がどっと溢れてきた。堪えきれず、赤ん坊みたいにしゃくり上げる。

なんてことをしてしまったんだろう。

お稲荷様のバチがあたってしまう。

どうしよう、どうしよう……。

そうして、どれくらいの間、泣きじゃくっていただろうか。

ふと気づくと、あれほど激しく降っていた雨がやんで、雷もいつの間にか聞こえなくなっている。

「え……、え？」

何が起こったのか、拓海にはまったくわからない。

本当にただの夕立だったのだろうか？

混乱しつつ顔を上げると、木々の隙間《すきま》から夕焼け色に染まった空が見えた。

その夜、拓海は眠れずに朝を迎えた。

布団《ふとん》の中で尻の右側に違和感を覚え、家族の目を盗んで風呂場の鏡で見てみると、打ち身の痕《あと》のように赤く腫《は》れている。

「あのとき、尻餅《しりもち》ついたからかな」

痛みもほとんどなかったので、拓海はそのうち消えるだろうと気にしなかった。

そんなことよりも、昨日の出来事が小さな胸を苛《さいな》んでいた。

お狐様が咥えた鍵を壊したうえ、その鍵を浮狐の滝に投げ捨ててしまったのだ。

大人たちが知ったら、それこそ拓海と陽介の上にたくさんの雷が落ちるだろう。

父が怒ったときの恐ろしさを思い出すと、ブルッと背筋が震え、じわりと冷汗が噴き出す。

後ろめたさは山ほどあったが、拓海は昨日の出来事を隠しとおすと決めた。

罰当たりなことをした自覚があるからこそ、人に知られるのが恐ろしくて仕方がなかったからだ。

陽介にも「二人だけの秘密だ」と口止めして指切りをした。

それから数日間、拓海は罪悪感を抱えながら過ごした。

自分のしでかしたことを考えると気が咎《とが》めて、太鼓の上達祈願にお稲荷様に参ることもやめてしまったくらいだ。

しかし、どんなに後悔しても、拓海はまだ十歳の子どもにすぎない。

二週間も過ぎるとほんの少しの疚《やま》しさを残して、ふだんと変わりなく過ごすようになった。

その頃、ようやく天守稲荷神社の狐像が壊れていることに町の人々が気づいた。

宮司もおらず、祭事のとき以外はたまに境内の草むしりをする程度となっていた稲荷神社の変化に、大人たちはこのときまで気づかずにいたのだ。

結局、氏子の寄り合いで話し合った結果、お狐様の修理はお金に余裕ができたときに、という話になったらしい。

父からそう聞かされ、拓海はこそりと溜息を吐いた。淡い期待を打ち砕かれてしまったからだ。

もしお狐様の鍵が直ったら、拓海の罪も赦《ゆる》されるのではないかと思っていたのだ。

そんなある日、拓海は友だちの言葉にふと違和感を覚えた。

「なんかさ、拓海と遊ぶ約束した日って、雨降ってばっかだよな」

そのときはみんなで偶然だろうと笑い合って終わったのだが、拓海だけは胸に小さな棘《とげ》が刺さったような痛みと違和感が拭いきれなかったのだ。

最近のことを振り返ると、友だちの言葉が偶然でも冗談でもないことに気づかされる。

――そうだ。雨、ばっかり……だ。

楽しみにしていたゲーム発売日。

渓流でのバーベキュー。

学校のプール開き。

社会科見学も、雨で行程が変更になった。

拓海が楽しみに思ったり、嬉しいことがあると、その日は必ずといっていいくらい、雨が降った。

そうして、拓海は同時に、自分の身体に現れ始めた変化を思い出す。

あまりにもかすかな変化だから、ずっと気にせずにいたのだ。

近頃雨が降ると必ず、右尻に残った痣《あざ》が痛んだ。

ただの打ち身の痕だとばかり思っていたのに、痣は消えるどころか、うっすらと赤かったのがだんだんと濃くなっている。

その痣が、雨が降る直前にシクシクと痛む。不思議なことに、痛みは雨が降り始めるとスゥーッと消えるのだ。

「お稲荷様のバチが……本当にあたってしまったんだ」

自覚すると、雨の降る確率の高さに愕然《がくぜん》となった。

少しでも楽しみなことがあると、その日は必ず雨になる。

前日がどんなに晴れていても、天気予報で降水確率が0パーセントでも、拓海が随分と前から楽しみに待ち侘《わ》びていたイベントごとの日はことごとく雨が降った。

秋の遠足や運動会、そうして拓海が何よりも楽しみにしていた天守稲荷神社のお祭りまで、雨で規模が縮小された。

こうなると、最初は偶然だと笑ってくれていた友だちも、拓海を遠ざけるようになる。約束しただけで毎回雨になるのを気持ち悪がって、拓海を誘ってもくれなくなった。

『拓海は雨男だ。一緒に遊ぶと雨が降る』

木枯らしが吹くようになると、拓海の雨男ぶりは町でもすっかり評判になっていた。

家族は気にするな、偶然だと、優しく見守ってくれたが、拓海自身は思い当たることがあるせいで割り切ることなんてできない。

尻の痣はいよいよ濃くなっていた。くっきりとした赤錆色《あかさびいろ》の、四角い渦巻き形の痣は、拓海が滝壺に投げ捨てたお狐様の鍵にそっくりな形をしている。

間違いなく、天守稲荷神社のバチがあたったのだと、そう思わざるを得なかった。

鍵を壊して持ち出した揚句、滝壺に投げ捨てたその神罰として、拓海は雨男になってしまったに違いない。

そうして拓海は、学校でも町でも、ひとりで過ごすようになった。

悪気はなくても、子どもは残酷だ。

「拓海がくると、雨降るからくんなよな」

拓海はその雨男ぶりを友だちから揶揄《からか》われ、嫌悪され、のけ者にされるようになった。

やがて学校の行事にすすんで参加することもなくなり、家の仕事を手伝って引き籠るようになるのに、そう時間はかからなかった。

いつも元気で、子どもたちの中心的存在だった拓海が、年の瀬が迫る頃には、内気で無口で、常にひとりでいるような子どもになっていた。

そんな拓海の変化を、陽介も心配に思ったのだろう。

「もしかして、あのとき……ボクのせいで拓海兄ちゃんにお稲荷様のバチがあたったんじゃないの？」

「え……」

正直、拓海はドキリとした。

けれど、まさか「そうだ」なんて言えるわけがない。

陽介は折れた鍵を拓海が持ち逃げ、滝壺に投げ捨てたことを知らない。

「大丈夫。陽介は関係ない。もしバチがあたったなら、お前も雨男になってないと変だろう？」

お狐様に登って鍵を折ったのは陽介だ。本来なら陽介にバチがあたるのが当然だろうと思う気持ちがないわけではない。

「そうかもしれないけど……」

陽介も責任を感じているのが、ありありとわかった。

「ボク、この前、お稲荷様に謝りにいってきたんだ。それで、兄ちゃんは何も悪くないから、赦してくださいってお願いしてきたんだよ」

「お稲荷様……に？」

胸に動揺が広がった。

「うん。誰にも話せなくても、謝った方がいいって思って……」

陽介の素直な気持ちと優しさに、拓海は何も言えなくなる。

お稲荷様に謝って、雨男のレッテルが剝《は》がれるなら、拓海だってそうしたい。

けれど、そうできない事情があった。

近頃は天守稲荷神社の前をとおるだけで、右尻の痣が焼けるように痛むようになっていたからだ。

最初の頃はせいぜいシクシクと痛んでは、すぐに消える程度だった。

それが、最近は唇を嚙み締めて耐えなければならないほどの痛みに襲われることも増えている。

だから、どんなに罪悪感に苛まれても、贖罪《しょくざい》の気持ちをもってお稲荷様にお参りしようと思っても、激痛に襲われて鳥居をくぐることすら叶《かな》わないのだった。

「心配かけてごめんな、陽介。でも俺のことは気にしなくていい。ただ、鍵のことは誰にも話すなよ、秘密だぞ?」

もう一度強く念を押して作り笑いを浮かべると、陽介はホッとした様子で帰っていった。

正直、陽介が羨《うらや》ましかった。

どうしてあのとき、咄嗟に鍵を握ってしまったのだろう。

どうしてあのとき、鍵を滝壺に投げ込んでしまったのだろう。

今さら後悔したって仕方がないとわかっていても、そう思わずにいられなかった。

月日を重ねるうちに、拓海の右尻の痣はいよいよ濃くなっていく。

自ら感情を抑えるようになった分、雨を降らせることは少なくなったが、ちょっとした気のゆるみで気分が沸き立つと、尻の痣がズキズキと疼き雨が降った。

あるとき、あまりの痛みに耐えきれず、母に縋って皮膚科に連れていかれたことがあった。

しかし、痣の原因も治療方法もはっきりとわからないまま、気休めの軟膏《なんこう》と痛み止めが処方されただけで、医者も匙《さじ》を投げてしまった。

淡々と日々を過ごすことを心がけ、ひとりでいることにも慣れた六年生の夏。

拓海は水泳の授業中、この頃すっかりリーダー面《づら》していた悪ガキに、水泳パンツをずり下げられた。

「あ……っ!」

「おい、拓海のヤツ、ケツに変な痣があるぜ!」

思春期に足を踏み出しかけた年頃の男子にとって、これほどの辱めはないだろう。

それでなくとも、拓海は右尻の痣に強いコンプレックスを抱いている。

女子の冷たい視線と男子の揶揄《やゆ》や嘲笑《ちょうしょう》に晒《さら》されて、拓海は今すぐ消えてしまいたいと心の中で咽《むせ》び泣いた。

辛《つら》い。

悲しい。

自分が悪いのはわかっているけれど、どうしてこんな目に遭わなくちゃならないんだろう。

みんなのために心を殺し、雨が降らないように我慢するのは、辛い。

みんなに嘲笑《あざわ》われて、後ろ指さされて過ごすなんて、もうたくさんだ。

耐えきれなくなった拓海は、両親に中学から都心の中高一貫校にいかせてくれと頼んだ。

数カ月あまりで様子が一変してしまった息子のことを、両親も心配していたのだろう。

詳しい事情も聞かず「視野が広がっていいだろう」と、お金のかかる私学への進学を支援してくれた。

そうして拓海は、中学進学を機に、町を出たのだった。

◇　◇　◇

ぬめりのある温泉の湯に浸かりながら、拓海はそっと右の尻を撫《な》でた。鍵の形の痣は今もくっきりと残っている。

六年間、なるべく帰省もせず、帰ってきてもお稲荷様には近づかないようにしていたけれど、昔と変わらず天守稲荷神社に近づくと痣が疼き、雨が降った。

やはりこの痣も雨男になってしまったのも、天守稲荷神とお狐様のバチがあたったとしか考えられない。

幼い頃の辛い思い出が胸に去来する。

今なら、逃げたりせず、正直に鍵を壊したことを打ち明ければよかったとわかる。けれど、あのときはまだ本当に子どもで、急に降りだした激しい雨と雷が恐ろしくて、そして大人たちに叱られるのが怖くて、ああするほかになかったのだ。

知らず、眉間《みけん》に皺を刻んで唇を噛み締めていた。

「だから……帰ってきたくなかったんだ」

寮生活をしている間は、痣が疼くことも、雨が降ることで虐《いじ》められることもなかった。ただ、痣のせいで人目を気にして、友だちらしい友だちを作ることもできず、孤独なまま六年間を過ごしたのだ。

きっと大学に進んでも、大人になっても、楽しいことなど何ひとつ経験しないまま、ひとりぼっちで生きていくんだろう。

おぼろげにそんなことを考えていたとき、脳梗塞で父が倒れたと寮に連絡が入った。

一時は死を覚悟したほどだったが、父親の症状は軽く、右手に少し麻痺《まひ》が残っただけで入院期間も短くて済んだ。

だが、民宿の営業には支障が出る。家族経営の笠居屋には、人を雇う余裕なんてなかった。

父は無理に戻ってこなくていいと言ってくれたが、母に乞われて、拓海は大学進学を諦め実家に戻ることにしたのだ。

また子どもの頃みたいに辛い日々が待ち受けているかもしれないと思ったが、拓海の我儘《わがまま》をきいて六年間好きにさせてくれた家族の危機を無視することはできなかった。

「拓海、タオル新しいの出しておくからね」

磨《す》りガラスのドアの向こうから不意に母の声がして、拓海は現実に意識を引き戻された。

「あ、うん。ありがと」

心なしか母の声が弾んで聞こえる。一人息子が戻ってきたことが嬉しいのだろう。

暗く沈む胸の内とは裏腹に、母の気持ちを思うと少しは戻ってきてよかったと思える。

両親はなかなか子宝に恵まれず、結婚して十年経ってから拓海を授《さず》かったと聞いていた。

待ち望んで生まれた子どもと、小学校卒業と同時に離れて暮らすことになって、きっと父や母、それに祖母も寂しかったに違いない。

何も訊《き》かずに送り出してくれたことを、拓海は今になってありがたく思った。

「あら」

そろそろ上がろうかと思っていたところへ、母が少し驚いた様子で声をあげる。

「随分と渋い柄の手拭いねぇ」

「あ」

拓海の脳裏に、芥子色の手拭いが浮かんだ。濡れた服と一緒に、天守稲荷神社で出会った宮司らしい男に借りた手拭いを、脱衣籠に放り込んだのだ。

「あのさ、母さん」

見覚えのない男のことを、拓海は母に訊いて確かめようと思った。

「お稲荷様の宮司さんのことなんだけど……」

湯船に手をかけて身を乗り出したとき、不意に右尻の痣が激しく疼いた。

「……い、たっ」

生け花に使う剣山で尻を叩かれたような痛みに、堪らず湯船の中で身悶《みもだ》える。

「なあに、お稲荷様がどうしたの？」

痛みのあまり、言いかけてやめてしまった拓海に向かって、脱衣場から母が不思議そうに呼びかける。

「……ご、ごめん。なんでもない」

横目に窓の外を見るが、雨は降っていなかった。

——な、んで……？

拓海の困惑を無視して、痣の痛みは増すばかり。

ズキズキと突き刺すような痛みと、火で炙《あぶ》られるような熱に苛まれ、額に脂汗《あぶらあせ》が滲む。

——これも、お稲荷様の……バチってことなのか？

そう思うと、恐ろしくて天守稲荷神社のことを口にするのも憚《はばか》られる。

結局、拓海は母に何も確かめられないまま、湯船の中で痛みが引くのを待つほかなかった。

それにしても……。

ようやく痛みが治まると、風呂から上がって懐かしい自分の部屋でごろりと横になった。

土砂降りの雨の中出会った不思議な男。

会ったこともないはずなのに、拓海の子どもの頃に酷く詳しかった。

それに、あの容姿。

灰色がかった白い髪と赤い瞳は、こんな田舎町では目立つに決まっている。

明日にも家族か町の誰かに訊いてみればいい。

遠くに雲雀の鳴き声を聞きながら、拓海は雲ひとつない青空を見上げた。

【三】

不自由な右手でスプーンを使って食事する父の姿は、拓海にウジウジと悩んでいる暇なんてないぞ、と現実を突きつけた。

「オレの方こそ、我儘言ってごめん。これからうんと親孝行するから」

実家に戻ってきた翌日から、拓海は温泉民宿・笠居屋の若旦那《わかだんな》という肩書きを背負うことになった。

「最初から気張ってると、すぐに疲れちゃうわよ」

「できることからひとつずつ覚えていけばいいからの」

母も祖母もそう言って、丁寧に仕事を教えてくれる。

天守稲荷神社で出会った男のことをそれとなく訊ねようと思っていた拓海だが、いざ仕事中心の生活が始まるとそれどころではなくなってしまった。

それに、休憩時間や食事中に家族に訊ねようと思っても、まるで口止めするかのように尻の痣がズキンと痛むのだ。

――監視でもされてるみたいだ。

疚しい過去があるからなのか、それとも単に不可思議な出来事が重なったせいか、不安を覚えずにいられない。

だが、ゴールデンウィークが近づくにつれますます忙しくなって、男のことを訊ねるどころか、考えることすらなくなってしまった。

「ちわっス、稲見屋《いなみや》です！」

勝手口からビールケースを抱えて現れたのは、笠居屋に出入りしている酒屋だ。

土間を上がって障子戸《しょうじど》を隔てた帳場でパソコンを使って予約の管理をしていた拓海は、ドキドキしながら息を潜めた。

「おばちゃん、拓海帰ってきたんだって？」

台所で夕飯の仕込みをしていた母が、注文伝票を手に応対する。

「そうなの。あら、あの子連絡してなかったの？　ごめんなさいね」

稲見屋の息子は小学校の同級生で、誰よりも拓海を雨男だと馬鹿にした悪ガキだ。

「ううん。拓海が挨拶にきたとき、俺もたまたま出かけててさ」

稲見屋は世間話をしながら、ビールやらジュースの類《たぐい》を台所の定位置に置いていく。

「ていうか、この前、急に土砂降りになった日があっただろ？　もしかして拓海帰ってきたの、あの日？」

拓海は心臓が締めつけられるような痛みを覚えた。

『拓海がくると、雨が降るからくんなよな！』

脳裏に、幼い頃の情景が浮かぶ。

「ええ、そうなの」

「相変わらず、雨男なんだ。小学校のとき、運動会も遠足も雨でさ」

稲見屋の口調に、小学生の頃と同じような軽い嘲笑が交じっている気がして、拓海はいたたまれなくなった。

「はい、おばちゃん。伝票と……空き瓶はこれだけかな」

「そうよ。いつもありがとね。またお休みのときとか、拓海と遊んでやって」

母の声に、拓海は「誰がいくものか」と腹の中で悪態を吐く。

民宿の用事で町中に出ることがあっても、なるべく同級生や幼馴染みと顔を合わさないようにしていた。

しかし、やはり小さな田舎町で知り合いと顔を合わさずに暮らすことなんて無理なのだ。

――これからも、こうやって雨男だなんだのと茶化されるんだろうな。

パソコンデスクに肘《ひじ》をついて溜息を吐く。

気づくと稲見屋の息子は帰った後だった。

「拓海、稲見屋さんの伝票、綴《と》じておいてくれる？」

母に伝票を手渡され、拓海は慌てて作り笑いを浮かべた。

「いくら拓海が雨男だからって、運動会も遠足も、全部が全部拓海のせいで雨が降ったわけでもないでしょうにねぇ」

「……うん、まあ、自然現象だしね」

母がどんな気持ちでそう言ったのか、拓海にはわからない。ただ、曖昧《あいまい》に答えて、仕事を再開した。

その数日後、駅に宿泊客を迎えに出かけた拓海は、温泉場のほかの宿の人たちに声をかけられた。中には幼馴染みや同級生が交じっていて、やはり拓海の雨男ぶりが話題にのぼる。

「そういやさ、ゴールデンウィークが明けて落ち着いたら、協会の寄り合いがあるんだ。拓海も親父《おやじ》さんと一緒に顔出せよ」

父と顔馴染みの旅館の主人が誘ってくれるのに、同級生のひとりが茶々を入れる。

「その日も雨が降ったりしてな！　なんせ拓海は『雨降らし』だから」

「なんだ、お前、相変わらず雨男なのか？」

稲見屋の息子みたいな茶化したふうではなく、彼らが軽い冗談を言っているのは拓海にも理解できた。適当に相槌《あいづち》を打ち、ケラケラと一緒に笑って流せばいいだけだと。

けれど、稲見屋が拓海ではなく母に向かって雨男のことをアレコレ言ったことが、思いのほか大きな痼《しこ》りとなって胸に残っていた。

「こりゃ、今年の花火大会も秋祭りも雨かもしれねぇなぁ」

誰かがそう言った瞬間、拓海は頭の奥の方でプツリと糸が切れるような音を聞いた。

「心配しなくても、花火大会も秋祭りも……寄り合いにだっていかないよ！」

俯いたまま言い捨てると、拓海はみんなから離れて宿泊客の到着を待つことにした。

幼馴染みや旅館の主《あるじ》たちは、拓海の豹変《ひょうへん》ぶりに驚いたようで、誰も引き止める者がいない。

――これでいいんだ。

言葉に言い表せない焦燥に、奥歯を噛み締める。

なるべく表には出ないで人と会う機会を減らせば、しがらみも少なくなる。

期待することも、約束を楽しみに待ち侘びることもなくなれば、雨を降らせることもない。

それに拓海自身、虚しさに傷つくこともないはずだ。

拓海はロータリーの外れで、宿の名を染め抜いたのぼりを持って溜息を吐いた。

そんなことがあったせいか、その後、すすんで拓海に声をかける人は自然と少なくなっていった。

ある日、拓海を兄のように慕っていた陽介が訪ねてきたときも、拓海は「仕事があるから」とまともにとりあわなかった。

決して陽介を責めるつもりはなかったけれど、やはり顔を見るとあの日のことを思い出し、醜い感情を抱いてしまう。

「お前、今年受験だろ。オレなんかに構ってないで勉強しろ」

「拓海兄ちゃん、でも……」

陽介は何か言いたげにしていたが、取りつく島のない拓海の態度にしょんぼりとして帰っていった。

陽介まで雨男にならなくてよかった。

秘密、守ってくれてありがとうな。

がっくりと肩を落とした陽介の後ろ姿を見送りながら、心の中で「ゴメンな」と呟いた。

やがて、民宿の仕事に慣れてくると、拓海は真面目《まじめ》過ぎるくらい仕事に没頭するようになった。

といっても、宿泊客と直接接するような表の仕事は母や祖母に任せ、自分は裏方に専念する。

接客業なのだから、お客さんと接するときは笑顔を浮かべて愛想《あいそ》よくするよう注意した。

だが、たとえ常連客であっても必要以上に慣れ合ったりしないように気をつけた。

寂れたとはいえ温泉の質は最高だし、小さくても古い建物は情緒があると温泉マニアの間では評判も上々だ。宿の露天風呂のほかにも、天守山の麓《ふもと》にはいくつか野天湯が湧いていて、それを目当てにくる客もいる。

せっかく温泉を楽しみにきてくれても、拓海のせいで雨が降ったら客の気分も台無しになるだろう。

それに、もし自分のせいで笠居屋にまで妙な噂が立ったらと思うと、感情を抑えることなんてどうってことない。

だから拓海は淡々と、事務的に仕事をこなした。

――大丈夫、上手《うま》くやれるはず。

せっかくのお天気でも、拓海の心がワクワクすると雨が降る。

みんなの楽しみを奪ってしまうのは、もう嫌だ。

小学生のときみたいに、遠足やお祭りが雨になって、友だちも町の人も悲しんだ。

オレが我慢すれば、家族や町のみんな、お客さんに迷惑をかけることはない。

人の楽しみまで奪わずに済む。

拓海は心を殺し、淡々と日々を過ごし、機械的に生きようと決めた。

その努力も惜しまなかった。

それでも、拓海だってまだ高校を卒業したばかりの子どもだ。

辛くなるときもあれば、逃げ出したくなることもある。

そんなとき、拓海はこっそりと自宅の裏山からある場所に向かう。

拓海は弱音を吐きそうになると、あの「鍵」を投げ捨てた浮狐の滝にいき、滝壺を覗き込んだ。

生い茂る木々の中、ドドド……と響く水音は、拓海を諫《いさ》め、落ち着かせてくれた。

「しっかりしろ、凹《へこ》んでる場合じゃないだろ」

滝壺の澄んだ水底へ目を凝《こ》らし、沈んだ鍵に想いを馳《は》せ、自分が犯した罪を懺悔《ざんげ》する。

野鳥の声と風に揺れる木々の葉音、そして、滝の音が、拓海の心をまっさらにしてくれるようだった。


明るく積極的だった拓海が、まるで別人のように無口になり、人前に出たがらないのを心配した父が、ある日、拓海に太鼓を叩いてみてはどうだと言ってきた。

「な、んで?」

思いがけない提案に、拓海は困惑を隠せない。

「お前、子どもの時分は毎日欠かさず練習してたじゃないか」

家の蔵には稲荷神社のものと同じ大きさの和太鼓があって、父が宿泊客の前で披露していて評判だった。

「父さんはもう腕が駄目だから、お前、代わりに叩いてみちゃどうだ?」

父なりに拓海のことを思ってくれているのだ。

痛いくらい気持ちがわかるのに、けれど、拓海は素直に頷《うなず》けなかった。

天守稲荷神社の神罰のせいで雨男になったというのに、その稲荷神社に奉納するのと同じ太鼓を叩けるわけがない。

「もう全然、練習してないし、忘れちゃったから無理だよ」

動揺を抑え込み、ぶっきらぼうに言い返す。

けれど、それは嘘だった。

町を離れてしばらく経つまで、確かに拓海は太鼓の練習をやめていた。

でも、ひとりぼっちで過ごす孤独な時間を埋めるため、拓海はこそりと奉納太鼓の練習を続けてきたのだ。

二度と叶わないとわかっていても、拓海にとって天守稲荷神社の奉納太鼓は、憧れてやまない夢だった。

だが、それを誰かに打ち明けるのは、憚られることも承知している。

——オレみたいな罰当たりが、お稲荷様の太鼓を叩くなんておこがましいにもほどがある。

素っ気ない拓海の態度に、父はあからさまに残念そうな表情を浮かべた。

「ガキの頃はあんなに熱心だったのに、急にやめちまって……。秋祭りにも全然顔も出さねえし……」

倒れてから少し痩《や》せて一気に老けたように見える父の悲しげな横顔を見ていると、拓海も辛くなってくる。

だからといって、奉納太鼓をショーとしてでも叩くのは気がすすまない。

天守稲荷神社に関わることは、なるべく避けたいというのが拓海の本音だった。

気がつけば梅雨《つゆ》が明け、あちこちで蝉《せみ》が鳴き始めていた。

今年の梅雨は全国的に空梅雨で、テレビの気象コーナーなどで水不足が深刻だと連日報道されている。

町を流れる川の水量も例年になく少なく、笠居屋に野菜を卸してくれている農家も水不足で困っていると嘆いていた。

「拓海、雨降らせせんの得意だろ？　ひと雨頼むよ」

勝手口を入ってすぐの土間で、宿泊客から預かった荷物の発送準備をしていると、ビールケースを抱えた稲見屋の息子にいきなりそう浴びせられた。

「……っ」

背後に立つ稲見屋をギョッとして振り返り、拓海は驚きと困惑に立ち尽くす。

「何びっくりしてんだよ。お前、帰ってきても誰にも連絡してないって？　それちょっと冷てぇんじゃねぇの？」

いつものようにビールケースを台所に運んで、空瓶を集めながら稲見屋が続ける。

「お前が引き籠ってるから雨が降らないんじゃないかって、みんな言ってるぞ。変な気なんて遣わずに寄り合いとかも出ろよ。商売やってるなら、それぐらい常識だろ」

駅前のロータリーでの一件を稲見屋も聞いたのだろう。言葉の端々に拓海を責めるようなニュアンスが感じられた。

知らず握り締めていた拳《こぶし》が小刻みに震える。

「お前の父ちゃんだって、寄り合い出るの大変じゃねぇの？」

——お前に言われたくなんかない。

「……っ」

喉元までせり上がってきた台詞を、拓海はぐっと我慢して呑み込んだ。

雨のことをとやかく言われるのはある程度覚悟している。

けれど、父のことまで口出しされるのは、どうにも耐えられない。

拓海だって、父に負担をかけている自覚はあるのだ。

「なんだよ、拓海。文句あるなら言い返せよ。昔のお前だったら……」

子どもの頃、拓海はこの稲見屋の息子を何度も喧嘩《けんか》で負かしてきた。

「……悪いけど、表に母さんいるから、伝票渡しといて」

爪《つめ》が掌《てのひら》に食い込むほど手を握り締めると、拓海は項垂《うなだ》れたままそう言って背を向けた。

「おい、拓海！　逃げんのかよ！」

何を言われても、振り返る気はなかった。

今だって喧嘩になれば、稲見屋なんかに負ける気はしない。

でも、何も言い返せなかった。

拓海は庭を抜けると、足の向くまま裏山に続く細道を駆け上がった。

「ハァッ……ハアッ、ハアッ」

燦然《さんぜん》と照りつける太陽の下、蝉がうるさいくらいに鳴き喚《わめ》いている。

生い茂った木々の間をがむしゃらに駆け抜けて、拓海は浮狐の滝へ向かった。

杉や松、クヌギにヒノキといった木々に囲まれて、浮狐の滝は涼やかな佇まいで拓海を迎えてくれた。

ここだけ世間から切り取られたような静寂とした空間に、拓海はまるで自分しか存在しないような錯覚を覚える。

浮狐の滝は、滝口から滝壺のまわりだけ黒々とした岩に囲まれていた。

蝉の声と滝の音を聞いていると、ささくれ立った感情がゆっくりと落ち着いてくる。

この場所はいつだって、拓海を静かに迎え入れ、そうして冷静にさせてくれた。

「やっぱり雨が少ないんだ……」

滝壺を覗き込むと、やはり水が少ないように見える。

『雨降らせんの得意だろ？　ひと雨頼むよ』

稲見屋の言葉が脳裏をよぎった。

言われなくても、町の人が困っているのは知っている。

けれど、拓海は自分の意思で雨を降らせられるわけじゃない。

何か楽しいことを思い浮かべればいいのかと思って、就寝前に何度か布団の中で試してみたことがあった。

でも、それは徒労に終った。

長い間、楽しいことを考えたり、予定を立てたりすることがなかったせいか、拓海は心がワクワクとして浮き立つようなことを、想像すらできなかったのだ。

日照りが自分のせいじゃないとわかっていても、思うように雨を降らせられないのがもどかしい。

「なんで……降ってほしいときに、降ってくれないんだ……」

稲荷神社の罰なのだから、そうそう都合よく雨が降らないのも仕方がないのかもしれない。

人に迷惑をかけることしかできない自分が情けない。

拓海は岩場の縁に腰《こし》を下ろすと、膝を抱えて滝が流れ落ちる様をぼんやりと眺めた。

雑木林に囲まれた滝の縁でマイナスイオンを浴びていると、連日の猛暑が嘘みたいだ。

ひんやりとした水飛沫を肌に感じながら、拓海は少しだけ気分が明るくなってくるのを感じる。

「……拓海？」

不意に背後から声をかけられ、ハッとなって声がした方へ目を向けた。

すると、滝壺の岩場の向こう側に、狐色の狩衣を着た灰白色の髪の男が立っている。

「あ」

男が満面に笑みをたたえて拓海を見つめていた。

しかし、その顔色ははじめて会ったときと同様に青白く、生気のないものだった。

「ようやっと、会えましたね」

男はそう言うと、生い茂る草むらを掻き分け、息を弾ませながら足早に拓海へと近づいてくる。

「え、うわ……っ」

予期せぬ再会に拓海は慌てふためき、逃げ帰ろうとして立ち上がった。

「お待ちなさい。雨を……降らせたいのでしょう?」

すぐそばまでやってきた男の言葉に息切れが交じる。

やはり具合が悪いのだろう。

思わず振り返ると、男がその整った顔を苦しげに歪《ゆが》める様子が目に飛び込んできた。

「あの、大丈夫ですか?」

足を止めて訝しむ拓海に、男が「ええ」と微笑む。

木々の陰にいるせいか、白い肌が余計に人形のように見えた。

――ほんとに、作りものみたいだな。

灰白色の髪に赤い瞳を改めて目の前にして、拓海は知らずコクリと喉を鳴らす。生まれながらにメラニンが欠乏する疾患があるというけれど、この人もそうなのだろうかと思った。

「そんな顔をしないでください。大丈夫ですから」

拓海がまじまじと見つめるのに、男が重ねて言った。

その言葉どおり、乱れていた呼吸が整い、目許がうっすらと紅潮している。

随分と気分が悪そうに見えたが、陰のかかり具合でそう見えたのだろうかと思い直した。

「それよりも、拓海」

男に穏やかに呼びかけられ、頷く代わりに首を傾げて目を瞬く。

「日照り続きで皆、困っている様子。そなたが雨を望むのは当然のこと」

一瞬、男が自分の心を読み取ったのかと思ったが、そうではないようだ。

「宮……司様？」

深緑の木立の中、灰白色の長い髪をまとめて結《ゆ》い上げ、赤い目をした狩衣を着た男の姿は、まるで映画かアニメーションのワンシーンを思わせる。

拓海の呼びかけに、男はにこりと微笑んだ。

「私の名は、佐古路《さこじ》」

変わった苗字《みょうじ》だな、と思いつつ、神職に就くような家柄だと思えば納得できる。

「あの、佐古路様は……お稲荷様の、宮司なんですか？」

拓海が名を呼んで問い訊ねると、佐古路は嬉しそうに目を細めるばかりで答えてくれない。

するとそのとき、突然木々の上からサラサラと雨が降りだした。

「えっ」

蝉の鳴き声は絶え間なく続いている。空も変わらず晴れていて、遠くの山際に積乱雲が見えるだけだ。

それなのに、銀糸のような細い雨が、天守山や麓の町に降り注いでいた。

「狐の……嫁入り？」

ぽつりと呟くと、佐古路がそっと身を寄せてくる。

あ――と思ったときには、拓海は肩を大きな手に包み込まれるようにして抱かれていた。

「さ、佐古路様……？」

どきっとしたが、不思議と嫌な気はしはなかった。

それどころか、佐古路の掌のぬくもりに包まれて、感じたことのない安堵すら覚える。

「そなたが心に願ったことを、天守稲荷神が叶えてくれたのでしょう。古来、稲荷神は五穀《ごこく》豊穣《ほうじょう》の神であり、雨乞い信仰の象徴でもありますから」

佐古路の心地よい声を聞きながら、そぼ降る雨を見上げた。

さらさらと葉を揺らし、雨は優しく降り続ける。

「拓海、こちらへ」

やがて肩が濡れてしっとりとし始めたとき、佐古路に肩を抱かれて岩場をゆっくりと下った。そうして滝を見上げる岩場の陰にたどり着く。

「ここなら濡れることもないでしょう」

そこは丁度、浮狐の滝を真正面に見上げる場所だった。突き出た大きな岩が雨よけとなって、これ以上濡れるのを防いでくれる。

「あ、そうだ！」

拓海の肩や髪を佐古路が狩衣の袖《そで》で払ってくれるのを見て、はたと思い出した。

「あの、佐古路様。これ……」

ジーンズの尻ポケットから小さく折り畳んだ芥子色の手拭いを引っ張り出す。

「お借りしてたまま、ずっと……返しそびれてて――」

それは佐古路が貸してくれた手拭いだった。母が洗ってくれたのを、拓海は意味もなくポケットに忍ばせて持ち歩いていたのだ。

ずっとポケットに入れていたので、細かい折り目がついて皺くちゃになった手拭いをおずおずと差し出す。

「ごめんなさい。こんな、クチャクチャになっちゃって……」

恥ずかしさと申し訳なさに項垂れてしまう。

しかし、佐古路は少しも気にする様子もなく、手拭いを受け取ってくれた。

「わざわざ洗ってくれたのですね」

そう言って、手拭いを鼻先に寄せてクンと匂《にお》いを嗅《か》ぐ。

「そなたの匂いが染みついています。いい匂いだ」

うっとりと切れ上がった目を細め、佐古路が拓海を見つめた。

——う、わ。

ドキンと心臓が跳ねて、顔が熱くなる。

「この前、手水舎の下で会ったときにも思ったのですが、そなたからは不思議といい匂いがする」

「じゅ……う軟剤の、匂いじゃないですかっ」

言葉にならない恥ずかしさに、慌てて顔を背けた。

佐古路がさっそく受け取った手拭いで、雨に濡れた拓海の腕や肩を拭ってくれる。

「さあ、拓海。腕を出しなさい」

「ほら、反対の腕も濡れているではありませんか」

佐古路は拓海をまるで小さな子どもみたいに扱う。

「……あ、あの、佐古路様こそ……濡れてるのに」

羞恥《しゅうち》と戸惑いにぎくしゃくしながらも、拓海はされるがままでいた。

静かに降り続く雨音と蟬時雨《せみしぐれ》、そうして滝の音を聞いていると、佐古路と二人で別世界に

いるような気になってくる。

「拓海、どうしてあれから神社にきてくれないのですか？」

ひとしきり拓海の身体を拭うと、佐古路は濡れた手拭いを軽く絞って袂《たもと》へしまった。

「会えなくて寂しかったのですよ」

赤褐色の瞳に顔を覗き込まれて、拓海は返事に詰まる。

「え、あの……」

「それとも、そなたは私に会いたくはなかったのですか？」

一九〇センチ近くあろう長身を屈《かが》めて、佐古路が切なげに眉《まゆ》を寄せる。

本当に寂しかったのだと、揺れる双眸を見ればすぐにわかった。

「会いたくないだなんて……」

言って、言葉を濁す。

はじめて会った日から気になっていた。

「忙しくて……」

そう言うのが精一杯。

まさか、天守稲荷神社に近づくと尻の痣が痛むとか、雨が降るとか、ましてや罪悪感があって避けていたなんて、口が裂けても言えるわけがない。

だが、父の代わりを務めようと遮二無二《しゃにむに》に過ごすうちに、正直それどころでなくなったのも本当だ。

「そう言えば……」

項垂れた拓海の髪を、佐古路が梳《す》くように撫でてくれる。

もうすっかり子ども扱いだ。

けれど、その手を振り払おうとは思わない。

そっと繰り返し撫でられて、心地よさに目を閉じてしまいそうになる。

「昨年の秋の祭礼では、そなたの父が見事な太鼓を奉納してくれましたが、年の暮れに病に倒れたと聞いています」

佐古路が父の病気のことまで知っていたことに拓海は驚いた。

——でも、宮司様なら氏子の誰かに聞いていてもおかしくないか。

小さな田舎町のことだ。誰かが病気をしたとか、誰と誰がくっついたとか、些細《ささい》なことでも数日内に知れ渡ってしまう。

そう思えば佐古路が父のことを知っていても不思議ではなかった。

「脳梗塞だったんです。もう太鼓は叩けないって、父さんも残念がってました」

「氏子総代が、今年は太鼓の叩き手がいないと嘆いていました。私もとても残念に思います。そなたの父はまことの太鼓の名手でしたから」

佐古路の掌の感触にうっとりしているうちに、拓海は強張っていた心が解《ほど》けていくような錯覚を覚えていた。

「それで、父や家族を助けるために戻ってきたのですね」

拓海はコクンと頷く。

佐古路が髪を梳くのをやめて、雨に湿った肩を強く抱き締めてくれた。

「やはり拓海は家族想いの、心根の優しい子だ。昔と何ひとつ変わっておらぬ」

狩衣の胸に抱き寄せられるまま、体重を預けた。

「そなたはよく頑張っています」

何を知っているわけでもないだろうに、佐古路にそう言われると胸がじんわりとあったかくなった。鼻の奥がツンとして、ちょっとだけ瞼《まぶた》に涙が滲む。

変な人だなと思うのに、一緒にいると不思議と落ち着く。相手が自分を子どもの頃から知っているらしいという気安さのせいだろうか。

「ああ、そうだ」

サラサラと降り続く雨の音に重ねて、佐古路が優しく問いかける。

「父の代わりに、そなたが奉納太鼓を叩けばよいのではありませんか?」

「……え?」

拓海は耳を疑った。

「そなたは幼き頃から境内で太鼓の練習をしていたではありませんか。木の枝をバチに見立て、日が暮れるまで熱心に打ち込んでいた姿を私はよく覚えています。それに、毎日のように稲荷神へ上達を祈願していました」

いったい、佐古路はいつから拓海のことを知っているのだろう。

四月に天守稲荷神社の境内で会ったのがはじめてだとばかり思っていた。

けれど佐古路はもう随分と以前から、拓海のことを知っているような口ぶりだ。

——でも、もし昔会ったことがあるとして、佐古路様はいったい……？

見た感じでは、佐古路は二十代半ばから後半ぐらいに見える。だが、落ち着いた物腰を考えると、もう少し年上かもしれない。

考えれば考えるほど、拓海の頭は混乱した。

拓海の困惑を知ってか知らずか、佐古路はさも名案が浮かんだとばかりにはしゃいだ様子だ。

「そなたが叩けば、きっと稲荷神もお喜びになられるでしょう。私も是非、そなたの叩く奉納太鼓が聞きたい」

佐古路が息がかかるほど間近に見つめてきた。

赤褐色の瞳に期待が満ち満ちて、キラキラと輝いて見える。

「佐古……路様っ」

もう一方の手で、手を握られた。

すっぽりと佐古路の腕の中に抱き竦《すく》められて、拓海は経験したことのない羞恥と、そして高揚感を味わう。

心臓が早鐘を打ち、顔が……いや、身体中が熱くなった。

佐古路の濡れたように輝く赤い瞳から目が離せない。

「どうか、そなたが太鼓を叩いておくれ」

吐息交じりに喘《あえ》ぐように懇願された、そのとき――。

絹糸のようだった雨が、突然、それこそ滝のようにドッと激しさを増した。

「え……っ」

急な雨足の変化に、さすがに佐古路もハッとして空を見上げる。

――なんで？　痔も痛くないのに……。

拓海は自分のせいで雨が激しくなったのかと思っていた。

しかし、雨が降ると必ず痛む右尻の痔には、とくに何も感じない。

佐古路に見つめられてドキドキしたのは確かだが、それは想像したことのない状況に驚いたせいだ。

「あ……」

滝の音と聞き間違えるほどの強烈な雨に、拓海は仕事を途中で放り出して出てきたことを思い出した。きっと今頃、家族が心配しているに違いない。

「オレ、帰らないと……っ」

逞《たくま》しくも優しい腕の中で身じろぎすると、佐古路が寂しげに眉根を寄せる。

「拓海」

雨足は一向に衰える気配がない。今帰ったら、それこそ濡れ鼠《ねずみ》になるだろう。

「ごめんなさい、佐古路様。オレ、仕事中だったの忘れてて……」

ぐいと厚い胸を押しやって、拓海は笑みを浮かべた。

「手拭い、ありがとうございました」

そう言うと、するりと佐古路の腕から抜け出す。

「また、ここで会いましょう」

駆け出そうとした背中に佐古路が呼びかける。

「私はいつでも、ここでそなたを待っていますからね」

拓海の胸に、躊躇《ためら》いがよぎる。

けれど、優しい掌の感触や、一緒にいて感じた居心地のよさが逡巡《しゅんじゅん》を一蹴《いっしゅう》した。

「はい」

拓海が大きく頷くと、佐古路が花の咲くような笑みを浮かべて手を振る。きれいな笑顔は健康的で、最初に草むらから現れたときとは別人のようだった。

その日――。

雨はひと晩中降り続き、水不足に悩んでいた町を充分に潤したのだった。

浮狐の滝での再会以来、拓海は数日おきに佐古路と会うようになった。

「待っていますからね」

そう言われて頷いたはいいが、拓海に迷いや不安がなかったわけではない。

夏休みになって宿が忙しかったこともあって、拓海が再び滝壺を訪れたのは、一週間が過ぎてからだった。

チェックアウトした宿泊客を駅まで送り届け、部屋の掃除を終えた拓海は、昼前に「ちょっと気晴らしに散歩してくる」と祖母に言って山に入った。

——本当に、いるかな。

不安と期待を半分ずつ胸に抱きながら滝壺に下りていくと、はたして佐古路がニコニコと微笑んで待っていてくれた。

駆け寄って佐古路の顔を間近で目にするなり、拓海はハッとなった。

「あの……」

表情はとても明るいが、佐古路の顔色は白い肌の下の血管が透けるようだ。以前ほどではないが、やはり、どことなく元気がないような気がして仕方がない。

「どうしたのですか?」

持病でもあるのではないかと訊ねたい気持ちを、美しい顔立ちに阻まれる。会って間もない人に対して、不躾ではないかと躊躇いが生まれた。

パラパラと小雨《こさめ》が降る中、佐古路が「濡れてしまうから早くこちらへ」と岩の下へ手招きする。

「元気でしたか？」

色の濃いルビーのような瞳に見つめられ、優しく問いかけられると面映《おもは》ゆい気持ちが胸に広がった。

白い髪に赤い瞳。いつどこからきたかもわからないのに、拓海のことを家族か親戚《しんせき》と同じくらいによく知る佐古路。

不審に思って当然なはずなのに、何故か拓海は佐古路に対して妙な信頼を感じていた。はじめて会ったときも驚きはしたが、懐かしさにも似た親しみを覚えたのだ。

「宿の仕事は大変であろう？　私ではなんの慰めにもならないかもしれませんが、何かあったら話してくださいね」

「宮司様に愚痴なんて聞かせられないです」

「佐古路です」

即座に眉を不満げに顰《ひそ》める佐古路に、拓海はつい噴き出してしまった。

「ははっ。うん、はい。佐古路様」

子どもみたいに拗《す》ねた顔をする佐古路を見て、声をあげて笑う。

「何がおかしいのですか？　私はただ、拓海にちゃんと名を呼んでほしいだけです」

「だって佐古路様、そんな顔しなくても……あはは、ははは」

変な人だな。

そう思いつつ、拓海は随分と久しぶりに声をあげて笑ったことに気づく。

腹を抱え、目に涙まで滲ませて笑ったのなんて何年ぶりだろう。

「そんなに笑うことはないでしょう」

岩場に滝の音と拓海の笑い声が響き渡る。

「ですが、そなたがそうやって笑うのを見ているのは、とても気分がいいものです」

ひとしきり笑って息を整える拓海の頭を、佐古路がぽんぽんと軽く撫でてくれた。

「そなたの笑顔はお日様のようですね」

気づくと、雨はすっかりあがっていた。


その日以来、拓海は休憩時間になると庭の裏手から山に入り、浮狐の滝で佐古路と会った。

「いつでも、ここで待っていますからね」

そう言ったとおり、拓海が滝壺へいくと、佐古路はいつも先にきて待ってくれていた。

宮司としての勤めがどのようなものかわからなかったが、佐古路は少し青白い顔をして拓海を迎えてくれる。

「お勤めって大変なんですか？　なんかいつも、疲れてるみたいだし」

何度も会ううちに少しずつ気心が知れてきたこともあり、拓海は思いきって訊ねてみた。

「そなたが心配することはありません。確かに稲荷神に仕える身としては、日々心労を伴うこともあります。ですが、こうして拓海と会うと心が落ち着いて、気力が自然と溢れてくるのですよ」

病気でもなんでもないと言うとおり、拓海が帰る頃には佐古路の形のいい唇には赤みが増していることがほとんどだった。

「拓海が私に、活力……元気を与えてくれているのです」

まっすぐに見つめられると、それ以上深く訊ねることはできなかった。

「それなら、いいんですけど」

釈然としないものを感じながらも、佐古路に誘われて突き出た岩の下へ腰を下ろす。

会って何をするわけでもない。

他愛のない世間話や、拓海が子どもの頃の話をするだけだ。

時間にしても十数分のことだったけれど、町に戻ってきてから世間から逃げるように仕事に打ち込んでいた拓海にとって、佐古路と過ごす時間は唯一、自分らしくいられる時間となっていた。

そう、拓海はすっかり、佐古路と会うのを楽しみに思うようになっていたのだ。

その証拠に、佐古路と会うときは必ずお天気雨が降る。

真っ青な夏空が広がっていても、拓海が庭を抜けて山に入ると、さらさらと霧雨のような雨が必ず降った。

――佐古路様に会うの、オレ、本当に楽しみにしてるんだな。

小学生の頃から、何かを楽しみに思うことを禁じてきた拓海にとって、久しぶりの感覚だった。

ドキドキして、ワクワクして、時間が過ぎるのが遅く感じられる、もどかしいような感情。

佐古路と会うたびに雨が降るのは心苦しかったけれど、それ以上に、滝壺で過ごすおだやかな時間が、今の拓海には何よりも大切なひとときとなっていた。

何より、雨が降っても佐古路は少しも気にする様子がない。

むしろ雨の中、拓海と会うのを楽しみにしているようで、それがなんだか嬉しく思えた。

「佐古路様は濡れなかった？」

小糠雨《こぬかあめ》に濡れた肩を手で払いながら滝壺に下りていくと、佐古路がいつものように笑顔で迎えてくれた。

「大丈夫です。そなたこそ、ほら、また濡れてしまいましたね」

佐古路が袂からあの手拭いを取り出し、拓海の髪や肩を拭ってくれる。

自分のせいで雨が降っているなんて言えなかった。

「そんなに濡れてないし、自分でできるから……」

子ども扱いされて気恥ずかしいのに、どうしてか拒みきれない。

「そうですか？　ですが私に会うために濡れたのですから」

佐古路の手に触れられると、何故だかわからないが、何もかも委《ゆだ》ねたくなるような安心感に包まれた。

「さあ、これでいい」

手拭いを丁寧に畳んで袂にしまうと、佐古路は拓海の腕を引いて抱き寄せる。

気づくと、雨はすっかりやんでいた。滝壺の上には雲ひとつない真っ青な空が広がっている。

佐古路と滝壺で会うときは必ず雨が降るのだが、最近はすぐにやむようになっていた。

最初の頃は会うと雨足が強まっていたのが嘘のように、拓海が滝壺についてしばらくすると雨はスゥーッとあがる。

——なんでだろ？

不思議に思いつつも、どんなに理由を考えたところでわかるはずがなかった。

「今日はどんな話をしましょうか？」

優しく問い訊ねる声に、思考が遮られる。

「狐火の話でもしましょうか？」

佐古路が拓海を背中から抱えたまま、滝壺に向かって腰を下ろした。

「それとも、代々の奉納太鼓の名手の話にしましょうか？」

狩衣の胸に背中を預けさせた拓海の顔を覗き込んで、佐古路が問いかける。

なんか、まるでおじいちゃんに昔話してもらってるみたいだな。

まだ三十路《みそじ》には届かないであろう佐古路には悪いと思う。

けれど、佐古路と話していると、おじいちゃんと話しているような錯覚に陥るときがあった。見た目の年齢以上に落ち着いた独特の佇まいが、そう感じさせるのかもしれない。

それにしても、佐古路は拓海のことを子どもの頃から本当によく知っている。

「そなたは幼き頃から太鼓が好きであったろう？」

天守稲荷神社の境内で太鼓の練習をしていたことも、毎日の上達祈願のお参りも、いったいいつ見ていたのだと不思議に思うくらい、佐古路は拓海の幼い頃の出来事を話すのだ。

「本殿《ほんでん》の賽銭箱《さいせんばこ》の裏に子猫が捨てられていたのを、連れて帰ってやったことがありましたね」

「……え、そんなことまで？」

三匹の子猫を連れ帰った拓海は、父に酷く怒られたのを覚えている。ちなみに、子猫たちは猫好きの宿泊客と近所のおばさんが引き取ってくれた。

「石段から転げ落ちたことも知っていますよ。あとは、木登りが上手《じょうず》で、どの子どもよりも高い枝まで登っていたことや、そなたの父が奉納太鼓を叩くときは、一番前で口をこう……ぽかんと開けて夢中で見ていましたねぇ」

昔を懐かしむように笑みをたたえて話す佐古路を、拓海は不思議な気分で見つめる。

本当に、この人はいったい何者なのだろうか。

どうしてこんなにも自分のことを知っているのだろう。

穏やかで幸せな時間を過ごす一方で、佐古路への疑念が少しずつ膨らんでいく。

「佐古路様は、どうして……そんなにオレのこと知ってるんですか？」

もしかしたら、佐古路は拓海がお狐様の鍵を持ち帰り、目の前の滝壺に捨てたことも知っているのかもしれない。

ふと、胸に不安が広がった。

けれど、もしそうだとしたら、どうしてこんなに優しく接してくれるのだろう。

「拓海がとても心根の優しい子だからですよ。それに、言ったでしょう？」

佐古路が拓海の肩に顎《あご》をのせ、しっかと身体を抱き竦める。

「私はそなたが奉納太鼓を叩く姿を見てみたい。そなたの夢が叶うのを、この目で見届けたいのです」

すぐ耳許で囁《ささや》かれた言葉に、不意に目頭が熱くなった。

「……でも、オレは……っ」

お稲荷様のバチがあたった自分が、奉納太鼓を叩けるはずがない。

お稲荷様に近づくだけで、尻の痣が痛むのだ。

それに、お祭りの日に雨が降ったら、町中の人が悲しがるだろう。

優しい佐古路の気持ちには、応《こた》えられない。

「拓海？　そのように浮かぬ顔をして、どうしたのですか？」

泣きそうになっているのを知られたくなくて、拓海は咄嗟に顔を背けた。

もし、佐古路が何もかもを知っていて優しくしてくれるのなら、いっそ自分の罪を打ち明けてしまおうかと思う。

——この人なら、相談にのってくれるかもしれない……。

淡い期待が胸に広がる。

優しい佐古路。

浅はかな子どもの罪を、赦してくれるだろうか。

「なんでもない」

スン、と鼻を鳴らすと、拓海は大袈裟《おおげさ》なくらいの笑みをたたえて振り返った。

「そろそろ帰らないと」

そう言って、佐古路の腕から抜け出す。

どういうわけか、胸がチクチクと痛んだ。

「拓海？」

佐古路が首を傾げ、訝しんで目を細める。

「また、きます」

そう言うと、拓海は踵《きびす》を返して駆け出した。

「拓海、私はそなたの太鼓を聞くのを、本当に楽しみにしているのですよ」

滝の音にも負けない澱《よど》みない声を聞きながら、拓海は逃げるように山を駆け下りた。

【四】


佐古路の優しさに甘えてばかりで、願いを聞き入れてあげられない自分が情けない。

後ろめたさを感じた拓海は、数日の間、浮狐の滝から足が遠退《とおの》いてしまった。

仕事に没頭しようと思っても、送迎のために駅までいく途中に天守稲荷神社の前をとおればいやでも意識するし、庭から裏山を眺めると溜息が零《こぼ》れる。

そして、佐古路の掌のぬくもりを思い出すと、胸の奥がぎゅっとなった。

「具合でも悪いのかい？」

夕飯の支度《したく》を手伝っていたとき、祖母に声をかけられてハッと我に返った。ボーッとして総菜を盛りつける手が止まっていたらしい。

「ううん、なんでもない。ごめん」

慌てて取り繕《つくろ》うが、祖母は何か察したようだ。

「今日はお客さんも少ないから、ちょっと休んでおいで」

夏休みとはいえ平日ということもあってか、今夜の宿泊客は家族連れと老夫婦の二組だけだった。

「戻ってきてから、拓海は本当によく頑張ってくれてるからね。これからもっと忙しくなる静かだけれど、有無を言わせぬ強さのある声に、拓海はコクリと頷くほかなかった。

「お母さんにはばあちゃんから言っておいてあげるよ」

そう言うと、祖母は拓海の手から菜箸《さいばし》を取り上げた。

から、休めるときに身体を労《いたわ》らなきゃ」


自分の部屋で過ごす気分にはなれなかった。

そうなると、拓海の足は自然と山へ向いた。

夕方の六時半近くになっても、まだ外は充分に明るい。

庭を抜けて山に入ると、案の定、パラパラと小雨が降ってきた。

——なんだかんだ言っても、やっぱり佐古路様に会いたいんだ、オレ……。

降る雨に自分の気持ちを思い知らされる。

しかし、そこで拓海ははたと気づいた。

今までは雨が降ると、必ずと言っていいほど、右尻の痣が痛んだ。

けれど、佐古路に会いに浮狐の滝に向かうとき、尻の痣が痛んだことは一度もなかったような気がする。

「……なんでだ？」

山に入ると、途端に視界が暗くなった。木々が西に傾きつつある日の光を遮り、影を色濃く落としている。

「それに、雨の降り方も、なんか今までと違う気がする」

拓海の感情と雨足は、これまで見事なくらい比例していた。拓海が楽しみに思えば思うほど、雨は激しく強く降る。

なのに佐古路に会いにいくときに降る雨は、傘なんて必要ないくらいの小雨がほとんどで、気づくとやんでいることが多かった。

——もしかして、少しずつ雨男の力が弱まってるとか……?

淡い期待が胸に浮かんだとき、かすかに滝の音が聞こえてきた。

こんな時間でも、佐古路は滝壺で待っていてくれるだろうか。

知らぬうちに足が速まって、息があがる。

そのとき、一陣の風が、木々の間を吹き抜けてきた。

「う、わっ」

思わず足を止め、目を瞑《つぶ》って顔を背ける。

『なんだ、人の子だ』

『人の子だ』

『ああ、人の子だ』

次の瞬間、目を開けた拓海は数匹の狐に囲まれていた。

「え……」

何が起こったのか、まったく理解できない。拓海は唖然《あぜん》として立ち尽くした。

昔から天守山には狐が棲みついていると噂されてきたが、実際に見たという話は聞いたことがない。

けれど、今、拓海の目の前にいるのは、どう見ても狐だった。

だが、テレビや動物園などで見知った狐とは、あきらかに違う。

——デカい。

尖った鼻先、裂けた口、文字どおり狐色の毛皮に覆われた彼らは、大型犬よりもかなり大きい。

『でも、イイ匂いする』

『ああ、プンプンするな』

『ウマそうな匂いだ』

何より狐たちが人の言葉を話していることに、拓海は衝撃を隠せなかった。

「き、きつね……が喋《しゃべ》ってる……っ」

気づけばあたりは日が暮れたみたいに真っ暗になっている。

見上げた空は墨色《すみいろ》に染まって星ひとつない。

――どうなってんの？　なんで狐が……っ。
そぼ降る雨が強張る頬を濡らす。
『この匂い……知ってるぞ』
狐たちがじりじりと拓海に詰め寄ってくる。
『ああ、確かに匂うな』
『これは、白狐の霊力の匂いじゃあないか。ほれ、プンプンする』
しきりに鼻を鳴らしては、裂けた口から舌を出して涎《よだれ》を啜《すす》った。
『ウマそうだ』
『ウマいに決まっておる』
『白狐の霊力だものな』
木々の間から次々と狐が姿を現す。
『コイツを喰《く》らえば……』
――喰ら……う、だって？
拓海は後ずさりながらまさかと思った。
『俺が、食う』
『いやワシだ』
『最初に見つけたのはオレだぞ』

舌舐《したな》めずりをしながら、目をぎらつかせた狐たちが迫りくる。赤い口から舌が覗くたび、尖った牙《きば》が見え隠れした。

「やめ……ろっ」

恐怖にどっと汗が噴き出す。逃げなくては、と思うのに足が思うように動かない。

『ああ、もう我慢できぬ』

先頭にいたひと際大きな狐が毛を逆立て、唸《うな》り声をあげた。

それが合図だったのだろうか。

狐たちが身を低くして、一斉に拓海に向かって飛びかかる。

「うわぁ――っ」

どうすることもできず、拓海は左腕を顔の前に掲げて身を竦めた。

「うぬら、天守稲荷神の神域で何をしておる！」

山全体を揺するような声が響き渡ったかと思うと、強風とともに横殴《よこなぐ》りの雨が降り始めた。

「佐……古路さ……ま？」

拓海はふわりとした浮遊感に目を瞬かせ、軽々と自分を抱き上げた佐古路を見上げた。

「寂れ、廃《すた》れたとはいえ、この山一帯は我が天守稲荷神の神域ぞ！　うぬら、誰の許しを得てここにおるのか！」

佐古路が声を発するたび、地鳴りがして木々が揺れる。

『佐古路じゃ』

『天守山の佐古路じゃ』

狐たちが佐古路の姿にたじろぐ。

「ただただ命を永らえたあやかし風情が、この佐古路の前で牙を剝《む》くか！　気を削《そ》ぎ肉を断ち骨を砕き、皮を剝いだところで、我が稲荷神の供物《くもつ》にもならぬ外道どもめ」

居丈高《いたけだか》に狐たちを圧倒する佐古路の表情に、拓海は啞然となった。

風雨に乱れた髪は逆立ち、眉間には深い皺が刻まれていた。眦をこれでもかとばかりに吊《つ》り上げて狐たちを睨みつけ、声高に叫ぶ口許には尖った八重歯《やえば》が覗く。

いつもの穏やかな佇まいはなりを潜め、まるで拓海の知る佐古路とは別人のようだ。低く唸るように狐たちを威嚇《いかく》する様は、咆哮《ほうこう》を放つ野生の獣を思わせる。

「我が力を見くびるでないぞ。塵《ちり》となりたくなければ即刻この地より立ち去れ！　そして二度と足を踏み入れるな！」

左腕だけで拓海を抱き支えると、佐古路が右腕を大きく空を切るように払った。

狩衣の袖が鳴り、文字どおり風が切り裂かれ、雨が途切れる。

『逃げろ！』

『祓《はら》われるぞ、逃げろ』

『ウマそうな小僧は惜しいが、佐古路は恐ろしい』

佐古路の剣幕に、狐たちが口々に叫びながら闇の中へと逃げ去っていく。

と同時に、闇に包まれていた山に西日が差し込み、空は鮮やかな夕焼けに染まった。

あれほど吹き荒れていた風雨が嘘のように晴れ渡り、気づくと雨に濡れたはずの服も乾いている。

「な、んで……」

目の前の状況に思考が追いつかない。拓海は目を白黒させるばかりだった。

「怪我《けが》はありませんか、拓海？」

ホッと溜息を吐き、佐古路が問い訊ねる。額から汗の雫が流れ落ちた。

拓海は横抱きに抱えられたまま、コクコクと頷く。

「よかっ……た」

佐古路が目を細めた、と思った瞬間。

「あっ」

それまでしっかと地面を踏みしめていた佐古路の足許が急にぐらついた。

拓海は咄嗟に長い髪が張りつく首に腕を回し、しがみつく。

「佐古路様……っ？」

「大……丈夫です」

拓海を抱く腕に力を込めて体勢を整え、佐古路がニコリと笑った。

しかし、間近に見つめた横顔は血の気を失い、脂汗が額から噴き出し流れ落ちている。浅くて速い呼吸を繰り返す様子は、どう見ても具合が悪そうだった。

「どこが大丈夫なんですか！　顔色だってそんなに悪いのに……っ」

拓海は慌ててしがみついた腕を解き、下ろしてくれと訴えた。

しかし、佐古路は抱擁の腕をきつくして、拓海を抱き竦めて離してくれない。

「いいえ、拓海。……どうか、このままで」

拓海の頭を自分の肩にもたれかけさせると、佐古路が切なげに目を伏せた。

「でも……っ」

「まだあの不埒《ふらち》な狐どもが近くにいるやもしれません」

佐古路は頑として拓海を下ろす気はないらしい。

「それに、こうしてそなたを抱いている方が、身も心も落ち着くのです」

掠《かす》れた声で告げられて、拓海はふと思い出す。

滝壺で会うたび、佐古路はいつも少し疲れて具合が悪そうに見えた。けれど、滝壺で他愛のない会話をするうちに、青白い頬が紅を差したみたいに明るくなり、瞳が濡れて光る。

文字どおり、拓海と会うことで、佐古路が元気になっているような気がした。

「拓海」

両腕で下肢《かし》と背中をしっかりと支えて抱き直し、佐古路が瞼を閉じたまま囁くように話す。

「そなたから匂い立つ芳香《ほうこう》に包まれていると、不思議と力が湧いてくるのですよ」

佐古路が形のよい鼻を鳴らす。

その様子に、拓海は狐たちの言葉を思い出した。

『でも、イイ匂いする』

『ああ、プンプンするな』

『ウマそうな匂いだ』

あの後も何かしきりと喋っていた気がするが、混乱と恐怖のせいで狐たちが何を言っていたかはっきり覚えていなかった。

――そんな匂い、するかな。

生まれてこのかた、拓海は香水の類を身につけたことはない。

顎を引いてこっそり自分の体臭を嗅いでみるが、少し汗の匂いがするくらいで、お世辞にも「いい匂い」なんかしなかった。

「それにしても……情けないことだっ」

深い溜息を吐いたかと思うと、佐古路が小さく舌打ちした。

ふと見れば、唇を噛み締めて険しい表情を浮かべている。狐たちに向かって叫んだときと同じ、凶暴な獣の気配を感じた。

「あ……」

ふだんの姿からは想像もできない佐古路の変貌ぶりに、言葉が出てこない。

「まさか……あんな狐どもがこの山に踏み入れるとは。まったく、忌々しい……」

ギリギリと奥歯を噛み締める目許がわずかに上気していた。

脂汗が滲むほど具合が悪そうだったのに、本当に拓海を抱いていたせいで体力が戻ったように見える。

「さぞや驚いたことでしょう」

不意に申し訳なさそうに目を伏せ、佐古路がぎゅっと腕に力を込めた。

拓海を抱き支える腕は、強く逞しい。すっぽり包み込む胸板も厚く、紅潮した目許には大人の男を思わせる色香が滲んでいるように思えた。

「佐古路……様？」

――え、ええ？

きつく抱き締められて、拓海はどういうわけか羞恥に震えた。

汗の匂いか、それとも、もともとの佐古路の体臭なのか、胸許から香り立つ匂いに眉間の奥がジンジンする。

「拓海、そなたが無事で……本当によかった」

穏やかで優しい物静かな人だと思っていた。

そんな佐古路の、今まで見たことのない荒々しい表情や、耳に注ぎ込まれる切なげな声に、心臓がドキドキして止まらない。

遠くで蜩《ひぐらし》の鳴く声を聞きながら、拓海は逞しい腕に身を預ける。不思議だけれど、緊張と同時に妙な安心感を覚えて、もっとくっついていたいと思った。

「恐ろしかったでしょう。私がしっかりしていれば、そなたをこのような目に遭わさずにいられたものを……」

佐古路が小さな子どもをあやすみたいに、拓海の背や髪を何度も撫で摩ってくれた。

大きな掌の感触に知らずうっとりとなりかけて、拓海は慌てて狩衣の胸許を押し返す。

「宮司様の……せいじゃないだろっ」

急に恥ずかしさが募ってきて、ぶっきらぼうな物言いになってしまった。

「佐古路です」

ほんの一瞬ムッとして、佐古路が見つめる。

「もう、下ろしてください。佐古路様」

拓海が俯いたまま告げると、佐古路は少し名残惜《なごりお》しそうな顔をしつつ、ゆっくりと地面に下ろしてくれた。

「オレ、もう帰らないと……。ばあちゃんが心配してるかもしれない」

西の空を眺めると、太陽が山際に沈んでいこうとしていた。どれだけの時間、佐古路の腕の中にいたのかと思うといたたまれない。

「また、会ってくれますか？」

佐古路がどことなく寂しげな表情を浮かべる。

「もう二度と、そなたをさっきのような恐ろしい目に遭わせたりしません」

一度は解放された腕を取られて、拓海はハッとなった。

赤褐色の双眸が夕陽に染まり、いつも以上に赤くきらびやかに輝いて見える。

「さ……佐古路様さえ、よければ……」

縋るように腕を摑まれ、懇願の眼差《まなざ》しを向けられると、何故だかまっすぐに佐古路の顔を見ていられなかった。

さっきから心臓のドキドキが止まらない。

摑まれた腕が、その部分だけ火傷しそうに熱く感じるのは何故だろう。

「では、また滝壺で待っています」

そう言うと、佐古路はそっと手を放してくれた。

「あの」

踵を返そうとして、拓海は大切なことを忘れていたと気づく。

「さっきは助けてくれて、ありがとうございました」

人の言葉を話す大きな狐たち。彼らのことを問い質《ただ》したい気持ちは確かにあった。

けれど、今、拓海にそんな余裕はなかった。

佐古路と向き合っているだけで、息をするのも苦しい。顔が火照《ほて》る。

どうしてそうなるのかわからなくて、混乱するばかりなのだ。

「礼には及びません。できることをしたまでです」

佐古路がいつもの優しい笑顔で見送ってくれる。

笑顔で応えたいと思うのに、拓海は目も合わせず、軽く手を振っただけで山を下りたのだった。


あれは、なんだったんだろう。

大きな、人の言葉を話す狐たち。

拓海のことを「いい匂いがする、ウマそうだ」と言って、いきなり飛びかかろうとした。

風雨とともに現れた佐古路は、狐たちをあやかしと言っていたけれど……。

山を覆った闇。

その闇を切り裂いた佐古路。

拓海を抱き上げた頼もしい腕。

胸のぬくもり。

——夢でも見てたのか……。

現実に起こったこととは思えない経験をしたあの日以来、ふと気づくと、以前にも増して佐古路のことばかり考えるようになっていた。

あの人は、いったい何者なんだろう。

ただの宮司でないことは、あきらかだ。

狐たちを一喝《いっかつ》した横顔を思い出すと、ゾクッと背筋が震える。

それは甘い疼きとなって、拓海をよりいっそう戸惑わせた。

凛《りん》として涼やかな顔立ちの佐古路の、激しくも雄々《おお》しい横顔。

口許からちらりと見えた八重歯が、牙みたいで少しかっこいいなんて思ってしまう。

身体の奥に感じる甘い疼きが、それが単なる憧れでないことを拓海に突きつけた。

——同じ、男なのに。

いけないことだと思うのに、もう会いにいかない方がいいと思うのに、拓海は浮狐の滝に向かうのをやめられなかった。

そぼ降る雨の中、岩場を下って滝壺の縁に立つと、佐古路が笑顔で迎えてくれる。

こうして日を空けずに会っているうちに、拓海は佐古路の変化に気づいた。

会うたびに元気がなさそうに見えた佐古路だが、ここ最近は肌の血色もよく、気のせいか灰白色の髪まで艶《つや》やかに見える。

「佐古路様、ここのところ顔色いいみたいでホッとしました」

拓海の言葉に、佐古路が「そなたのお陰ですよ」と答える。

「それよりも、そなたはどうなのですか？」

赤褐色の瞳が間近にあった。

「え……」

「私のことよりも、そなたのことが心配です。こうして会って話をしていても、ときどき上の空でいることが多くなった」

佐古路に言われて、はじめて気づく。

「そ、そう……かな」

胸の内を見透かされたようで、困惑が顔に出てしまった。

「悩みをひとりで抱え込むのは、よいことではありません」

「……佐古路様」

自分が犯した過ちを打ち明けられるわけはない。

けれど、佐古路だけはありのままの自分を受け入れてくれる気がした。

滝壺の縁で岩場に腰かけ、佐古路のあたたかくて大きな胸に背を預けていると、何もかも赦されたような錯覚すら覚える。

「そなたは幼き頃より、素直で優しい子だ」

家族にも、ほかの誰にも相談できない悩みが、佐古路の穏やかな微笑みを見ているだけで軽くなった。

「人それぞれ、生きていれば悩みも苦労もあるものです。それは未来永劫《えいごう》、人が生きていく限り消えぬもの」

淡々と、けれど心に染みるように語る佐古路の言葉に、拓海はいつも癒《いや》されていた。

話せば話すほど、会えば会うだけ、自分がこの怪しくも美しい男の人に惹かれていることを思い知る。

「生きていれば、知らずに人を傷つけることもあれば、罪を犯すこともある。それを思い悩むのは、心根が美しい証拠だと、私はそう思うのですよ」

どうしてこんな話になったのかわからないまま、拓海は静かに佐古路の声に耳を傾けていた。

「人だけではありません。どんな動物も草木も、虫も、生きるために少しずつ我をとおしているのです。けれど、そのことに気づき、悩み、罪の意識を抱いたり、償おうと心を砕くのは、人だけ――」

佐古路が拓海の髪を撫でながら、浮狐の滝を見上げた。

「そこに、人としての本質が現れるのではないかと、私は数多《あまた》の人々を見るうちにそう考えるようになりました」

――やはり、佐古路様はオレが鍵を滝壺に投げ捨てたことを知っているんじゃないだろうか。

心地よいはずの佐古路の腕の中が、急に窮屈に感じられた。

佐古路はすべてを知っていて、拓海に罪を打ち明け、償うように促しているのではないのだろうか。

そんな気がしてならない。

いっそ、打ち明けてしまおうか。

何年も自分の胸だけに押し込めた罪の意識を、佐古路にすべて晒してしまいたい。

「あの、佐古路様……」

密かに覚悟を決め、狐色の狩衣の袖を頼りなく握り締める。

そうして口を開こうとした瞬間、拓海は久々に右の尻に痺れるような痛みを覚えた。

「痛……っ」

背中を丸め、痛みに耐える拓海を、佐古路が驚いた様子で抱き締める。

「どうしたのですか？　どこか痛むのですか？」

おろおろとして拓海の肩や背中を撫でてくれる佐古路に、拓海は作り笑顔を浮かべてみせた。

「大……丈夫です」

――お稲荷様が、怒ったのだろうか。

罪を打ち明け、救われようとするのを咎められたような気がしてならない。

「本当に？　どうか隠し事などせず、なんでも話してください。私はそなたの力になりたいと、常日頃から願ってやまないのです」

佐古路が心から拓海のことを心配しているのがありありと伝わってくる。

――言えるわけ、ない。

せっかく拓海のことを「いい子」だと言って信頼してくれているのに、自分から罪を告白するだなんて、「嫌ってください」と言っているようなものだ。

佐古路の優しさに縋りたい気持ちと、嫌われたくないという相反する想いに、胸が軋む。

「そなたが暗い顔をしてくると、私も悲しくなるのです。さあ、拓海。何か悩んでいることがあるなら、どんな些細なことでも構いませんから話してごらんなさい。話すだけでも、多少は心が軽くなる」

佐古路は拓海の髪に頬を擦《す》り寄せては、拓海を励まそうとしてくれる。

後ろめたさを覚え、黙っていることができなくなった。

そうして拓海は、自分の心にある想いとはまったく別の、差し障《さわ》りのないことを相談することにした。

「実は、父さんが倒れる少し前から、宿のお客さんがだんだん減ってきてて……」

笠居屋の業績がゆるやかな右肩下がりなのは、真実だった。建物の文化財的価値と温泉だけに頼り切っていては、そのうち経営が立ち行かなくなるのは目に見えている。しかし、母屋の維持管理費だけでも経費がかさむ中、広告費に予算を注ぎ込むのは難しい状況だった。

「連休や長期の休みは、馴染みの常連さんのお陰でなんとか満室になるけど、それ以外の平日や冬場は、お客さんがないことも増えてるんです」

笠居屋の窮状を説明すると、佐古路は難しそうな顔をした。

「それは確かに困りましたね。そなたの父も身体が不自由とあっては、余計に心労がかさむではありませんか」

拓海は無言で頷いた。夏休みで忙しい毎日を送ってはいるが、平日に空室があると知ると父の表情はあからさまに暗くなる。

『俺が病気になんかならなければ、少しはどうにかなったかもしれないのになぁ』

ときどき父が申し訳なさそうに零すのに、拓海は心を痛めていた。

「父さんの代わりに、家族の役に立ちたくて戻ってきたのに、なんにもできなくて……」

自分の未熟さがもどかしい。

雨を降らせやしないかとビクビクと怯《おび》え、表に出る仕事も避けてばかりで、役に立つどころか迷惑をかけているような気がしてならなかった。

「宿泊客を呼び込める、目玉となるものがあればよいのですか?」

いつものように拓海を胸に抱いて、佐古路が「さて」と考え込む。

滝の音に蟬の鳴き声、そこへときどき鳥のさえずりが重なった。

そうして、しばらく沈黙していた佐古路が、ふと思い出したように拓海の両肩に手を置いて話し始めた。

「そなたの家……笠居屋は、西の麓の土地を有しているのですね？」

佐古路の問いかけに、拓海は首を傾げながらも「はい」と答えた。

「では、その先をもう少し山に沿っていくと、小川の外れの岩場に湯が湧き出ているのは知っていますか？」

「え」

天守山の山麓にはあちこちから温泉が溢れ出している。町を流れる川も温泉が流れ込んでいて、少し下流の河原では場所によって少し掘るだけで簡易温泉が楽しめた。町で管理する野天湯も多数あり、観光資源のひとつとなっている。

「まだほかにも野天湯があるんですか？」

驚く拓海に、佐古路がにっこりと頷いた。

「今ではすっかり忘れ去られているようですが、昔はこの天守山も修験道《しゅげんどう》の行者《ぎょうじゃ》が多く訪れる霊峰として祀られていたのです。山に湧き出す湯元に東屋《あずまや》が建てられ、多くの行者が身を清め、疲れを癒したそうです」

はじめて聞く話に拓海は言葉を失う。小学生の頃、地元の歴史を勉強したことがあったが、先生はこんな話を教えてくれなかった。それに、地元の歴史をまとめた本にも、天守山が修験道の霊場だったという記載はなかったように思う。

「驚いた顔をしていますね」

拓海のキョトンとした表情に、佐古路が楽しげに笑った。

「はい。そんな話は、うちのばあちゃんも知らないと思います」

「それはそうです。我が天守稲荷神社がこの山を治める何百年も昔のことですから」

「へぇ……」

呆気《あっけ》にとられ、言葉もない。

「西の岩場の湯は無色透明で、飲んでも身体によいとされています。ほかの野天と異なる湯は、きっと宿の客にも喜ばれるのではありませんか？」

たしかに、天守山と連なる笠居屋の裏山は、西の外れに険しい岩場があった。昔はそれなりに手を入れたりしていたそうだが、祖父の代になってからは測量で人が入るとき以外、柵《さく》を設けて立ち入りを禁じてきた。拓海も子どもの頃から西の岩場は危険だからいっては駄目だと、何度もきつく言付けられたものだ。

「それに、昔から山歩きを好む者は多い。冬場は雪で危険だが、この天守山には手つかずの自然が多く残っています。そなたも幼き頃、この山を駆け回って遊んでいたであろう？　その楽しさと素晴らしさを、宿の客にも教えてやるというのはどうですか？」

佐古路の提案は決して目新しくはない。

けれど、予算をかけられぬことを考えれば、もとからある資源を活《い》かすという点では、一番取りかかりやすいといえた。

「でも、岩場へ山に慣れていない人を連れていくのは……」

「岩場をとおらずとも、山をゆっくりと散策していけばいいのです。年老いた者でも無理せず歩ける経路なら、私が教えてあげましょう」

「佐古路様が？」

「私はそなたよりも、この山のことを知っているのですよ」

ふふふ、と佐古路が自慢げに胸を張る。

「何もせずに思い悩んでいるより、勇気をもって踏み出してみてはどうです？」

拓海がわずかに躊躇《ちゅうちょ》を覗かせると、佐古路がそっと手を握ってくれた。

「家の役に立ちたいのでしょう？　大丈夫です。この山の自然に触れて癒されてきたそなたなら、きっと上手くできるはずです」

佐古路に背中を押され、拓海は腹を括《くく》った。

やれることだけは、やってみよう。

いつまでも母や祖母に甘えて裏方仕事ばかりしているわけにもいかない。

「わかりました」

拓海は佐古路の大きくてすべらかな手を握り返すと、澄んだ赤褐色の瞳をまっすぐに見つめた。

「オレ、この山が好きです。田舎で、温泉以外何もない町だと思ってたけど、天守山にしかない空気とか、季節の移ろいとか……そういうの、お客さんにも知ってほしい」

怖くないと言ったら、嘘になる。

自分から何かすることで、また雨を降らせてしまうかもしれない。

せっかくお客を呼ぶことができても、雨が降っては山に入るわけにもいかないだろう。

それでも、佐古路に「大丈夫」と言われると、できるような気がした。

いや、佐古路の期待に応えたいと思った。

——罪が赦されるわけじゃないけど……。

嫌われたくない。

悩んでばかりの自分は嫌だ。

家族にも、これ以上迷惑や心配をかけたくない。

「佐古路様、もっと天守山の話を聞かせてくれませんか？」

拓海の言葉に、佐古路が花が咲くような美しい笑みを浮かべた。

それから数日後、拓海はまず宿の名前でブログを始め、ＳＮＳで宿の様子や庭の景色、天守山の自然を切り取った写真などを更新するようになった。

もちろん、佐古路から教えられた天守山の秘湯や、ハイキングにうってつけの山歩きのコースなども写真や動画で掲載する。

すると、もう夏休みも終わろうという時期なのに立て続けに予約が入り、平日の空室があっという間に埋まった。

想像を上まわる効果に、家族みんなで嬉しい悲鳴をあげたのだった。

インターネット上に投稿した写真や動画目当てで訪れた宿泊客は、拓海が責任を持って案内する。

岩場の野天湯は整備が間に合わず、まだ天然の足湯として楽しんでもらう程度だったが、落ち着いて予算が組めるようになったら、修験者《しゅげんじゃ》たちが集《つど》ったような東屋を建てるつもりだった。

「佐古路様！」

その日も、拓海が山に入ると霧雨が舞った。

「仕事はよいのですか？　毎日忙しいのであろう？」

そうして浮狐の滝に着く頃には、霧が晴れるように雨はやむ。

「はい。佐古路様に教えてもらった山歩きの道も、岩場の湯も、お客さんに凄く喜んでもらえてるんです」

息を切らして岩場を駆け下りると、勢い余って佐古路の胸に飛び込んでしまった。

「うわっ！　ごめんなさい！」

どすんとぶつかった拓海を、佐古路がしっかりと受け止めてくれる。

「大丈夫ですか？」

くすくすと笑われて、顔が火が点《つ》いたように赤くなった。

「ご、ごめんなさいっ。なんか、オレ、ガキみたいに落ち着きなくて……っ」

「何を謝るのです。元気があるのはよいことです」

恥ずかしくて堪らない。

佐古路に子ども扱いされることに慣れてしまったせいだろうか。

もう十九歳になるというのに、自分がいつまで経っても小学生の子どものままのような気がしてくる。

「拓海が元気で笑っていると、私も嬉しい」

言って、佐古路がいつものように拓海の頭を撫でてくれる。

大きくて優しい掌の感触にうっとりとなりながら、拓海は改めて感謝の気持ちを伝えた。

「本当に……佐古路様のお陰で、新しいお客さんにもきてもらえるようになりました。父さんも明るくなって、負担のかからない仕事はすすんでしてくれます」

笠居屋に活気が戻りかけていることが嬉しくて堪らない。

「まだまだやらなきゃいけないことはあるけど、母屋の建物を大事にするのと同じ気持ちで、山や土地を大切にして、それを伝えていこうと思うんです」

佐古路や祖母から聞いた様々な伝説を、小冊子にまとめようと思っていた。そして、その伝説にまつわる場所を、トレッキングコースに盛り込むのだ。

「私は少しの提案と、昔話をしただけ。実際に行動に移したのは拓海です。そなたの努力の結果です」

佐古路に褒められて、面映ゆい気持ちが胸いっぱいに広がった。

髪を撫でられると身体がフワフワとして、頬が熱くなってくる。

「拓海は笑っているのが一番よい」

ふと気づくと、息がかかるほどの距離で佐古路が見つめていた。

「わっ」

びっくりして慌ててそっぽを向く。胸を突き破って、心臓が飛び出すかと思った。

近頃拓海は、以前にも増して佐古路の顔をまともに見られなくなっている。

佐古路に触れられると、そこから身体が融けてしまいそうなくらい、熱を感じて肌が震えた。

「拓海、もっと笑ってくれませんか？」

佐古路の長い指に顎を捉えられ、赤い瞳に見つめられる。

——う、わ。

玻璃《はり》のような美しい肌、切れ上がった眦、まるで人形みたいに整った顔を間近にすると、
金縛りにかかったように全身が強張った。

「そなたの笑顔が、私の癒しなのですよ」

優しく囁かれると、罪悪感がむくむくと頭をもたげ、拓海を責め苛む。

佐古路は、拓海の罪を知っても、こうして微笑みかけてくれるだろうか。

「拓海」

後ろめたさに取り憑かれ、返事が遅れた。

「な……ん、ですか」

問い返すと同時に、そろそろ戻らないと、駅まで宿泊客を迎えにいく時間だと気づく。

「秋には是非、拓海の奉納太鼓が聞きたいものです」

最近、佐古路は別れ際になると必ずこの言葉を口にする。

「そなた以外に、今年の奉納太鼓を叩ける者はおらぬと聞いています」

「だから、オレはもう何年も練習してないから、無理なんですってば。拍子だって覚えてないし」

同じ会話を、もう何度繰り返しただろう。

拓海がぶっきらぼうに言い返すたび、佐古路は困ったような哀しげな微笑みを浮かべる。

それがどうにも心苦しくて、居心地がいいはずの腕に抱かれているのが辛くなった。

「ここで滝を眺めているとき、ときどき指先で膝を叩いているのは、奉納太鼓の拍子ではありませんか」

「……あ」

思いがけない指摘に、拓海は顔色をなくす。

「それに、ここ数日、身体を鍛えていますね？　秋に向けて、大太鼓を叩くためなのでは？」

誤魔化《ごまか》しも言い逃れも赦さないとばかりに、佐古路がきつく肩を抱き締める。

「それはっ、お客さんを山に案内するのに、体力つけないと駄目だって思ったから……っ」

咄嗟に口を突いて出たのは、体力作りの表向きの理由だ。

佐古路に太鼓は叩けないと言い、父にも忘れたと告げておきながら、その実拓海は一日だって天守稲荷神社で奉納太鼓を叩く夢を忘れたことがなかった。

——指でリズム……とってたのか。

まったく無意識のうちに、佐古路の腕の中で奉納太鼓の拍子に合わせて指でリズムをとっていたことに、拓海は今までまったく気づいていなかった。

忘れようと思ったところで、忘れられるはずがない。

幼い頃からの、大切な夢だったのだから。

毎日、気がつくとバチ代わりのものを手に、独特の拍子を練習した。そうして、稲荷神社にお参りしては、上達を心から祈願していたのだ。

雨男と揶揄われ、逃げるように町を出てからも、太鼓のことを忘れたりできなかった。

バチこそ手にすることはなかったけれど、佐古路の言うとおり、気づけば頭の中では太鼓の拍子を刻んでいたし、身体を鍛えたのだって諦めきれない気持ちがあったからだ。

「佐古路様は、どうしてそんなにオレに太鼓を叩かせたいんですか！」

諦めの悪い醜い心を見透かされたようで、恥ずかしい。

拓海は佐古路の腕を払いのけると、すっくと立ち上がった。そして滝壺を背にして叫ぶ。

「オレじゃなくたって、父さんの知り合いとか、もっと上手に叩ける人に頼めばいいだろ」

岩に腰を下ろした佐古路の表情が、みるみる歪んでいく。聡明さを際立たせる眉尻が下がり、赤い瞳が涙で潤んだ。

「そなたが夢に見ていたように、私もそなたが奉納太鼓を叩く日を、夢見ているのです」

優しい声。けれど、隠しきれない寂しさが滲んでいた。

「……ッ」

そのときになってようやく、拓海は佐古路を傷つけてしまったと気づく。

困惑の笑みをたたえ、拓海を責めることなく静かに見つめる表情が、未熟で浅はかな心を苛んだ。

「あ……」

佐古路に、こんな辛そうな顔をさせたいわけじゃない。

『そなたの笑顔が、私の癒しなのですよ』

それは、拓海も同じだったはずだ。

佐古路に笑いかけられると、暗く沈んだ気持ちに光が差し、前向きな気持ちになれる。いつも笑っていてほしい。

大好きだから、その人の笑顔を思うと、頑張ろうって気持ちになる。

──なのに、オレ……何やってるんだ。

覆水《ふくすい》、盆《ぼん》に返らず──後悔したって遅い。

拓海が発した言葉は、もう佐古路の心を傷つけてしまった。

「ごめんなさい、佐古路様」

ただ謝るしか、拓海にできることはなかった。深々と頭を下げ、後悔と自虐の涙が湧き上がるのをそのままに、佐古路に謝罪する。

「本当に……ごめんなさい。でも、オレは……奉納太鼓を……叩けないいん……です」

今すぐ消えてなくなりたい。

恥ずかしくて堪らなかった。

同時に、まだどこかあやふやだったひとつの想いが、はっきりとした形を胸の中で成していく。

佐古路様が、好きだ。

どうしようもないくらいに、オレ、佐古路様のことが、好きなんだ。

「拓海……？」

佐古路の声に、反射的に顔を上げると、拓海は泣き笑いを浮かべて駆け出した。

「あ、拓海……！」

呼び止める声を無視して岩場を駆け上がり、山を下る。

涙が溢れて、仕方がなかった。

佐古路に甘えるだけ甘えて、その期待に応えられない自分が恥ずかしい。

犯した罪をひた隠し、佐古路の優しさにつけ込む自分が許せない。

叶うことなら、秋祭りで奉納太鼓を思いきり叩きたい。

でも……。

きっと、天守稲荷神社の境内に足を踏み入れた途端、雨が降るに違いないのだ。

せっかく地元が一番盛り上がる祭りの日に、大勢の人が幸せな時間を過ごすときに、雨を降らせたくはない。

草木を掻き分け、がむしゃらに走る拓海の耳に、いつだったか佐古路が口にした言葉が甦《よみがえ》った。

『今年の秋の祭礼は、天守稲荷神にとって今までになく重要な意味を持つので……』

そんな特別なお祭りで、稲荷神社の神罰を受ける拓海が太鼓を叩いたりしたら……。

想像するだけでゾッとする。

雨が降るだけで済まなかったら、いったい拓海はどれだけの人に謝らなければならないのだろう。

——ごめん、佐古路様。でもオレは、太鼓を叩いちゃ駄目なんだよ。

拓海は秋祭りの期間中、自室の押し入れか蔵にこもって過ごすほかないと、ひとり決意したのだった。

【五】


佐古路《さこじ》様が、好きだ。

けれど、多分、この気持ちは間違っているし、迷惑にしかならない。

天守稲荷《あもりいなり》神社の宮司《ぐうじ》である佐古路に、拓海《たくみ》は一生、自分の犯した罪を打ち明けることはできないだろう。

後ろ暗い気持ちと、確実に大きくなっていく恋心の板挟みに、気がつけば溜息《ためいき》を繰り返す毎日。

「しんどい」

人を恋い焦がれる辛《つら》さを、拓海は生まれてはじめて知った。

蜩《ひぐらし》の鳴き声が少しずつ聞こえなくなり、夏が終わりを告げる頃。

佐古路への罪悪感から、滝壺《たきつぼ》に赴く回数が減っていた。

宿の仕事が忙しくなったせいもあったが、たとえゆっくり休憩できる時間があっても、庭から裏山へ向かう気持ちになれなかったのだ。

好きな人に隠し事をしている自分が、心底、嫌になる。

それでもはじめての恋は拓海の理性を容易く揺るがした。

佐古路を思う気持ちを抑えきれずに滝壺にいくと、優しい人は変わらぬ笑顔で迎えてくれる。

その笑顔が、拓海の心を軋ませた。

「宿の仕事が忙しくて、なかなか山に入れない」

目をそらして言い訳する拓海を、佐古路は欠片《かけら》も疑っていない様子だった。

「随分と忙しいようですが、無理はしていませんか？」

心配そうに気遣ってくれるが、その表情は翳りを帯びている。

「佐古路様こそ、顔色がよくないみたいだけど……」

毎日のように会っていた頃は気にならなくなっていたが、近頃、佐古路は疲れてやつれているように見えた。髪の艶《つや》もなく、唇《くちびる》もかさついているようだ。

「……気にすることはありません。祭りが近づいて、私も少し忙しくしているだけです」

佐古路は笑って言うが、拓海の目には少し痩《や》せたようにも映る。

「そんな顔をしなくても、こうしてそなたと会えば、疲れも一瞬で吹き飛んでしまうのですから安心なさい」

微笑《ほほえ》みを絶やさない佐古路の気遣いが、今の拓海にはただ苦しいだけだった。

会いたくて仕方がなかったのに、会えば佐古路の優しさが胸に突き刺さり、良心の呵責《かしゃく》に駆られるのだ。

この日、佐古路と会うようになってはじめて、雨が降らなかった。

その代わりとでもいうように、拓海が滝壺へ向かって岩場を下りていくと、突然、頭上で雷が鳴り始めた。

——嫌だな。あのときのこと、思い出す……。

雷と雨に追われるようにして、お稲荷様から逃げ帰った、あの日。

恐怖のあまり、お狐様の鍵を滝壺に投げ捨てた、罪。

あのときと同じく、雷雲など見えないのに、滝の上でばかり繰り返し稲光《いなびかり》が光った。

拓海の口は自然と重くなる。それでなくても、佐古路に対して後ろめたい感情のせいで、話す言葉に迷うのに、雷のせいで余計に塞《ふさ》ぎ込んでしまうのだ。

だが、今日は佐古路も少し様子がおかしかった。拓海を胸に抱くことなく、少し間をおいて並んで岩場に腰《こし》かけ、しきりと頭上を振り仰《あお》ぎ、悪態を吐《つ》く。

「不粋な、雷ですね」

いつも穏やかに微笑んでいる佐古路の、あからさまに不機嫌そうな顔ははじめてだ。

以前、狐たちに襲われたとき以外、佐古路のきれいな顔から微笑みが消えたことはほとんどない。

——哀しそうな顔なら、オレが、させちゃったけどな。

自嘲《じちょう》の念に膝《ひざ》を抱いて項垂《うなだ》れたとき、ひと際激しく雷が鳴った。

「……っ！」

ビクッとして、反射的に身体《からだ》が跳ねる。恐怖に鼓動が速まった。

思わず唇を噛《か》み締め、震えそうになる身体を自分で抱き締める。佐古路と違って、決して逞《たくま》しいとはいえない腕が切ない。

すぐそばにあるのに、あの頼りがいのある腕に触れられないもどかしさが、拓海の焦燥を掻《か》き立てる。

「拓海、恐ろしいのですか？」

遠慮がちに訊《たず》ねられ、拓海は膝に顔を埋《うず》めるようにしてぽつりと漏《も》らした。

「……オレ、雨男でさ」

ゴロゴロと、雷が鳴る。

「楽しみなことや、嬉しいことがあると、必ず雨が降ったり……こんなふうに雷が鳴るんだ」

「……拓海？」

「今までも、佐古路様と会うときは、雨が降ってた。あれも全部、俺のせいで……」

いつもいつも雨続きで、おまけに今日は雷。いい加減、呆《あき》れているんじゃないだろうかと勝手に解釈して、拓海は思いきって自分が背負った業《ごう》を打ち明けた。

——これくらいなら、バレないよな。

ほんの少し不安を感じつつ、拓海はそっと顔を上げた。

すると、肩が触れそうなほど近くに、佐古路が身を寄せていて驚く。

「あっ」

赤褐色の瞳が、やけにキラキラと輝いて見えるのは気のせいだろうか。

「拓海」

さっきまで沈んでいた佐古路の表情が見違えるほど明るい。

「それは、私とこうして会うことを、楽しみに思っているということですか……？」

いきなり両肩を摑《つか》まれ、顔を覗《のぞ》き込まれる。

佐古路がその切れ上がった双眸《そうぼう》を細めて、零《こぼ》れ落ちんばかりの笑みを浮かべていた。

その豹変《ひょうへん》ぶりに、拓海はただただ呆気《あっけ》にとられ、抗《あらが》うこともできない。

「佐……古路、さま？」

「答えてください、拓海。そなた、私と会うのが、嬉《うれ》しいのですか？」

佐古路が言葉を紡ぐたび、甘い吐息が鼻先を掠《かす》める。

作りものめいた美しい顔が間近にあった。

「べ、別に……いいじゃないですかっ」

あまりの羞恥《しゅうち》に、拓海は再び顔を隠す。乱れ太鼓《だいこ》みたいに、心臓がめちゃくちゃな鼓動を打っていた。

「隠すことはないでしょう。そなたもここで過ごす時間を、好ましく思っていてくれたのですね」

顔から火を噴きそうなくらい、熱い。きっとみっともないくらい赤くなっているはずだ。

「もう、黙ってくださいってば」

揶揄《からか》われているようで、いたたまれない。心臓は少しも落ち着く気配がないし、どうにも恥ずかしくて頭痛までしてきた。

「拓海、そのように顔を伏せないで。可愛《かわい》らしい顔を、私に見せてください」

肩を抱き寄せられ「あ」と声が漏れる。

直後、視線を搦《から》め捕られて、絶句した。

「恥ずかしがることはない。私も、嬉しいのですから」

赤褐色の瞳が、濡れて光っている。

その虹彩に魅入られたように、目をそらすこともできなかった。

大きな手できつく掴まれた肩が、熱い。目が眩《くら》む。眉間《みけん》の奥がジンジンと疼《うず》く。

赤い瞳に心の奥底まで見透かされてしまいそう……。

そのとき、周囲が一瞬真っ白になるほどの閃光《せんこう》が走り、耳を劈《つんざ》く轟音《ごうおん》が響いた。

それが、雷だと気づくのに、拓海は数秒を要した。

「……あ、あ」

そして理解すると同時に、脳裏《のうり》に忌《いま》わしい記憶が鮮明に浮かび上がる。

お狐様の鍵を目の前の滝壺に投げ捨てた日も、こんな激しい雷が鳴り止まず、拓海を責めるように追いかけてきた。

「大丈夫ですか、拓海？」

自分でもわかるくらい、顔が青くなっていた。冷汗が額や背筋を伝い落ちる。

「……っ」

佐古路に摑まれた肩が、おかしいくらい派手に震えた。

堪《こら》えきれない恐怖に怯《おび》え、歯がカチカチと鳴る。

罪を隠し、天守稲荷神社の宮司である佐古路に甘える自分を、雷が責めているような気がしてならなかった。

稲光が走り、雷鳴が轟《とどろ》くたび、ビクビクと震える拓海の様子に、佐古路が優しく抱き締めてくれる。雷を怖がっているとでも思ったに違いない。

「雷も酷《ひど》くなるばかりですから、帰った方がよさそうです。ひとりで大丈夫ですか？」

耳許《みみもと》で励ますように囁《ささや》かれて、拓海はガクガクと頷《うなず》いた。

「急いで、けれど足許に気をつけて帰るのですよ」

すっかり萎縮してしまった拓海を、佐古路は滝の音が聞こえなくなるあたりまで見送ってくれた。その間も、雷は執拗《しつよう》に鳴り続ける。

「ごめん……なさい」

「謝ることなどありません。元気をお出しなさい。そなたの哀しそうな顔を見ていると、私も辛い」

優しく髪を撫《な》でてもらうと、少しだけ恐怖が和らぐ気がした。

拓海は佐古路に手を振ると、急いで山を駆け下りた。

雷は、どこまでもついてくる。

雨は一滴も降らなかったのに、今日に限って何故《なぜ》、雷がこれほど鳴るのだろう。

疑念と恐怖心を胸に抱きつつ通い慣れた山道を駆け下り、やがて笠居屋《かさいや》の母屋《おもや》の屋根が木々の向こうに見え始めた。

あともう少しだ、と安堵《あんど》を覚えた瞬間、数メートル先の杉の木陰から、人が飛び出してきた。

「うわっ」

坂道を下って勢いのついていた拓海は、咄嗟《とっさ》に止まることができず、目の前に立ち塞がった相手にぶつかってしまう。

「い、た……っ。てか、大丈……夫」

一緒にもんどり打って倒れるかと思ったのに、拓海とぶつかった相手はしっかりと衝撃を受け止めていた。

「まったく、無礼にもほどがある」

頭上から聞こえた棘《とげ》のある声にハッとして見上げると、そこには佐古路と瓜《うり》二つの狩衣《かりぎぬ》をまとった男の顔があった。

「え、あ、あのっ……」

玻璃《はり》のようなすべらかな肌《はだ》に切れ上がった眦《まなじり》は、それこそ佐古路とそっくりそのままだ。しかし、拓海を抱きとめた体軀は、佐古路よりも少しほっそりしているように感じる。何より違っているのは、拓海を忌々しげに睨《にら》みつける瞳の色。

——金色の、目？

冷たい光を放つ男の双眸に、拓海は唖然《あぜん》となった。

「わたしの名は、佐倶路《さぐじ》。兄じゃとともに天守稲荷神に仕える者」

拓海は男の名乗りを聞きながら、いつの間にか雷の音がしなくなっていることに気づいた。

「佐古路様が、お兄さん？」

佐倶路と名乗った男が、拓海の問いかけにムッとして頷く。そして、ドンと拓海を押しやると、鶯《うぐいす》色《いろ》の狩衣の胸許をパンパンとはたいた。

「兄じゃに任せておいては埒《らち》があかぬゆえ、このわたしがこうしてきてやったのじゃ」

佐倶路が深々とした皺《しわ》を眉間に刻み、憎悪をあらわに拓海を睨みつける。

兄弟なのに、目の前の男と佐古路とは、まるで違った印象だ。いつも穏やかでふわりとしている佐古路と比べて、この佐倶路という男は見るからに神経質そうで、口調もきつい。

髪も佐古路と違って真っ白だ。背中に垂らした長い髪を、佐倶路は腰のあたりで結《ゆ》わえている。

「よいか、小童《こわっぱ》」

凛《りん》としてよくとおる声は、佐古路より少し高い気がした。それにとても鋭くて、優しさの欠片も感じられない。

佐倶路は、あきらかに怒っていた。

「お前のせいで、佐古路は……眷属《けんぞく》の間で馬鹿にされているのだ！」

「け……ん属？」

唾《つば》を飛ばさんばかりに佐倶路が叫ぶが、何を言われたのかわからなかった。

「我ら兄弟は天守稲荷神に眷属として仕える白狐である」

「え――」

突拍子のない佐倶路の台詞《せりふ》を、にわかに受け止められない。

しかし、拓海の困惑をよそに、佐倶路は息つく暇もなく声を荒立てて続けた。

「本来ならば、お前のような低俗な人間が軽々しく口をきける相手ではないのだぞ」

佐古路とよく似た吊《つ》り上がった目をさらにきつく絞って、佐倶路が苛立《いらだ》ちをあらわに溜息を吐いた。

「なのに、兄じゃときたら……。何故、このような小童の機嫌をとるようなことを……」

あまりにも突飛過ぎて、拓海はやはり佐倶路の言葉をそのまま信じることができない。

けれど、もし本当に佐古路と佐倶路が天守稲荷神社のお狐様なのだとしたら、これまで深く考えずにいた不可思議な出来事がいくつか腑《ふ》に落ちる。

『この山一帯は我が天守稲荷神の神域ぞ！』

闇と同時に襲いかかってきた大きな狐たちを追い払った佐古路の言葉が、真実味を帯びて脳裏に甦《よみがえ》った。

「そん……な、まさか」

再び身体がガタガタと震え始める。恐怖という名の悪寒が背筋を駆け上がり、拓海は思わず自分の身体を抱き締めた。

嘘《うそ》だ……信じられない。

だって、まさか佐古路が……。

混乱に愕然《がくぜん》とする拓海を見て、佐倶路が痺《しび》れを切らしたように吐き捨てる。

「信じられぬというのなら――」

ぶわりと、木々の間を風が吹き抜けたかと思うと、佐倶路がその姿を一変させた。

「お前のような下等な人間に、ここまでしてやるのは特別なことなのだぞ！」

佐倶路の頭に、白くて大きい三角の耳が生え、尻《しり》にはひと抱え以上もありそうな真っ白な尾が揺れている。

「あ、あ……」

目の前で起こった信じ難《がた》い光景に、拓海は驚くのをとおり越してぽかんと見入った。

「これで我らが正真正銘、天守稲荷神の眷属であるとわかったであろう」

佐倶路が傲岸不遜《ごうがんふそん》に拓海を睨みつける。

もう、疑う余地もなかった。

ただあまりにもショックが大き過ぎて、身体の震えも驚きも収まらない。

「いいか、よく聞け！」

茫然自失《ぼうぜんじしつ》のていで立ち尽くす拓海を、佐倶路が声を荒らげて責め立て、罵《ののし》った。

「もう承知しておろうが、お前が雨降らしの業を背負ったのは、天守稲荷神の眷属である白狐の鍵を壊し、盗み取ったせいだ！　稲荷神の怒りが祟《たた》りとなって降りかかったのだぞ」

言い逃れもできなければ、返す言葉もない。

きっとそうだろうとわかっていたつもりだけれど、自分以外の者から改めて突きつけられると、その罪の重大さに悄然《しょうぜん》として打ち拉《ひし》がれる。

「お前が、兄じゃの鍵を……盗んだせいで、兄じゃは……佐古路はっ」

佐倶路が目許を赤く染め、涙と悔しさを噛み締める。

「あのお狐様が……佐古路さ、ま……」

……そうだったんだ。

佐古路の正体が、天守稲荷神社の稲荷像の化身《けしん》であると、認めるほかない。

拓海は顔を青くしたまま、言葉なく項垂れた。

そんな拓海を、佐倶路がさらに激しく詰《なじ》る。

「天守稲荷神社が年ごとに廃《すた》れ、格下扱いされるのはすべて、お前のせいなのだぞ！　佐古路の鍵が奪われたため、わたしの宝玉とも対を成すことができず、霊力が保てないのだ！　鍵を……兄じゃの鍵を、お前が盗んだりしたから――っ！」

激昂《げっこう》して目に涙をたたえながら、佐倶路がその気持ちを吐露した。

「罰当たりな人の子を庇《かば》い、いつまで経っても鍵を取り返そうとしない兄じゃを、わたしがどれほどもどかしい想いで見ておったか、知りもせんくせにっ！」

そのとき、拓海ははたと気づいた。

「じゃあ佐古路様は、オレが……鍵を持って逃げたこと……」

「当然、知っておる！」

佐倶路が目くじらを立てて叫んだ。

「そんな……」

拓海はただ驚くばかりだった。佐古路は自分が鍵を盗んだ子だと、雨降らしの業を背負っていることを、知っていた。

「お前らは我らをただの石の像と思うておるのやもしれんが、我らは稲荷神より賜《たまわ》った霊力をもって、神域一帯に目を光らせ、守ってやっておったのだ」

——オレのこと、やたら詳しいのも納得だ……。

何もかも、合点《がてん》がいく。

佐古路は拓海が幼い頃から、見守ってくれていた。

木の枝で太鼓の練習をしていたのも、お稲荷様の境内《けいだい》でみんなと子犬みたいに転がり回っていたことも、喧嘩《けんか》したり木登りしたり……太鼓の上達祈願にお参りしてたのも、全部、佐古路は静かに見守ってくれていたのだ。

それなのに……。

すべてを知っていて、佐古路は一度も、拓海を責めなかった。

常に優しく微笑みかけ、拓海の笑顔が好きだと言って、相談にものってくれた。

——オレは本当に、罰当たりな奴《やつ》だったんだな。

「この数年というもの、兄じゃの力は弱まる一方だった。それが、お前が戻ってきてからというもの、力が回復したかのように見えることが増えたのじゃ」

「え、本当に……？」

パッと顔を向ける拓海に、佐倶路が表情を強張らせる。

「お前が戻ってきて兄じゃの力が回復の兆しを見せたということは、いまだに鍵をお前が持っているという証《あかし》」

そう言うと、佐倶路が鶯色の狩衣の袖《そで》を揺らし、拓海の前に手を突き出した。

「さあ、すぐに鍵を返せ」

「……あ」

返せと言われ、顔を背け、後ずさってしまう。

拓海には、どうすることもできない。

鍵は滝壺に捨ててしまったのだ。

潜って探すことさえ不可能な、深い深い滝壺の底に――。

すると、佐倶路が再び声を荒らげた。

拓海が鍵を返すのを拒んでいると思ったのだろう。

「何をしておる！　さっさと返さぬか！」

その表情は、佐古路が狐たちを追い払ったときとよく似ていた。眦がきつく吊り上がり、口許から八重歯《やえば》が覗き、眉間に深い皺を寄せた表情は、今にも噛みつかんとする狂犬のよう。

「まったく、兄じゃは何故、このような小童に遠慮などしておるのだ！」

佐倶路が焦燥に喘《あえ》ぎ、疑問を口にする。

拓海も同じような疑問を抱いた。

四月に手水舎《ちょうずや》の下で会って以来、佐古路は一度も鍵について触れなかった。

拓海が鍵を持ち帰ったと知っていたのに、どうして佐古路は「返せ」と言わなかったのだろう。

「悠長に構えてもいられぬとわたしが代わりに鍵を取り戻すため、こうして人の姿になってまできてやったのだ。さあ、兄じゃの、佐古路の鍵を返せ！」

佐倶路がずいと近づいて、拓海の腕を掴んだ。

「どこに隠し持っておる！　お前から鍵の匂《にお》いがプンプンするぞ！　さあ、出さぬか！」

匂い、なんて言われても、拓海にはなんのことだかわからない。

――そう言えば、あの狐たちもオレから匂いがするって……。

佐倶路に迫られ、どうしたものかと惑いながらも、ここは正直に打ち明けるほかないと腹を括《くく》った。

「鍵は……持ってないんだ」

すると、拓海のすぐ頭の上で雷が轟いた。

「ヒッ……」

驚き、恐怖に肩を竦《すく》めると、佐倶路が掌《てのひら》の中に火花の塊《かたまり》のようなものを捧げ持ち、拓海に迫ってきた。

その様に、今まで拓海を追いかけてきた雷は、すべて佐倶路が操っていたのだと覚《さと》る。

「ふざけるでないぞ、罰当たりな人の子よ。秋の祭礼までに鍵が戻らなければ、佐古路は……兄じゃは稲荷神の眷属でいられなくなるのだぞ！」

耳に飛び込んできた佐倶路の声に、耳を疑い、目を瞠《みは》った。

「お前せいで……兄じゃはただの狐と成り果て、屍《しかばね》と化すのだ！」

「――ッ」

はじめて知った真実に、拓海は糸が切れた操り人形みたいに、その場に崩れ落ちた。

「う、そ……だっ」

血の気が引いて、頭がぼーっとする。全身が瘧《おこり》のように震えて、視界がぼやけた。

「さあ、早《はよ》う出さぬか！　鍵を出せ！　この盗人《ぬすっと》が！」

拓海がしゃがみ込んだまわりに、小さな稲光がいくつも落ちた。

佐古路が、死んで、しまう……？

そんなこと、考えたこともなかった。

自分の浅はかな行為のために、ひとつの命が消えてなくなる。

想像するだけで、ゾッとした。

「何を黙っておる！　さっさと……」

佐倶路に肩を摑まれた瞬間、拓海は弾《はじ》かれたように立ち上がり、逃げ出した。

「待たぬか、小童！　また逃げるのか――」

佐倶路の罵声《ばせい》を背に浴びながら、それでも拓海は重くのしかかる重圧感から逃げることしか考えられなかった。

幼かった、あの日のように……。

青い顔をして帰宅した拓海を見て、祖母と母が顔を揃《そろ》えて「今日は休んでいなさい」と言ってくれた。

――どうしてあんな馬鹿なことをしてしまったのだろう。

後悔したところでどうにもならないことは、この九年の歳月で思い知ったはずだ。

けれど、後悔せずにいられない。

まさかとは思っていたけれど、自分が雨男になったのが、本当にお稲荷様のバチがあたったせいだなんて……。

お稲荷様の使いである狐の鍵を捨てたのだ。当然の罰だと思う。

「……違う。そんなんじゃ、済まないことを……しちゃったんだ」

自室の押し入れの中で布団《ふとん》に顔を突っ伏し、拓海は堪えきれない嗚咽《おえつ》を溢《あふ》れさせた。

『心根の優しい子だ』

『そなたの笑顔はお日様のようですね』

拓海を抱き締めて、耳許に囁いてくれた。

大切な鍵を奪われたというのに、一度として拓海を責めず、ただただ優しく接してくれた佐古路。

大好きな佐古路が、消えてしまうなんて、信じられない。

信じたくない。

「どうしたらいい……」

鍵を再び佐古路の手に返せば、消えずに済むのだろうか。

けれど、鍵は深い滝壺の底。

どんなに泳ぎの上手《うま》い者でも、一度沈めば浮かんでこられないという、浮狐《ふこ》の滝に沈んだのだ。

『兄じゃはただの狐と成り果て、屍と化すのだ！』

佐倶路の悲鳴じみた叫び声と、激しい雷鳴が頭の中でこだまする。

どれだけ後悔しても、どんなに申し訳ないと思っても、佐古路の鍵を奪い、捨て去った罪は消えないのだ。


どれほどの時間、押し入れの薄闇の中で過ごしただろうか。

しんと静まり返った深夜。

拓海はそっと家を抜け出すと、糸のように細い月と星明かりだけを頼りに山に入り、浮狐の滝を目指した。

夜の闇の中、迷うことなく浮狐の滝にたどり着けたのは、何度も佐古路に会うために通い続けたせいだろう。

足許に気をつけながら岩場を下りていくと、スニーカーを脱ぎ捨てた。

「雨、降らなくてよかった」

ぽつりと呟《つぶや》いて夜空を見上げる。

滝壺の広さの分だけ、ぽっかり穴が空いたみたいに木々が空を切り取っていた。その中心に、もう間もなく新月となるであろう細い月が浮かんでいる。

拓海はシャツとジーンズも脱いで下着だけになると、ゆっくりと深呼吸をした。

「……よし」

意を決して、滝壺に飛び込む。

ここ数年、まともに泳いでいなかったけれど、子どもの頃は河童《かっぱ》の異名《いみょう》をとるほど泳ぎは得意だった。

水の中は、まるで闇の世界だ。

そこに、滝口から落ちてくる水がドドドと音を立て、白い気泡を無数に舞い上がらせている。

拓海は一度水面に浮かび上がると、改めて深呼吸をした。

そうして呼吸を整え、ゆっくりと酸素を肺いっぱいに吸い込むと、勢いよく滝壺の底を目指して潜水した。

佐古路の鍵を探すために——。

昼間と違って差し込む光がないせいで、澄んだ水の中でも視界はほとんどないに等しい。

そればかりか、滝壺の中はゴツゴツした岩が不規則に並んでいて、叩《たた》きつけるように落ちてくる水の圧力と相まって、複雑な水の流れを生み出していた。

——くそ、思ったところに、いけない……っ。

必死に水を掻き、足をばたつかせるが、拓海は水中でバランスを崩してしまう。

何度か息継ぎのために浮き上がっては、鍵を探して潜り続けるうち、とうとう激しい流れに巻き込まれてしまった。

——クソッ。なんで……っ。

滝壺の底に一度もたどり着けないまま、拓海は木の葉のように奔流に翻弄《ほんろう》された。もがき続けるうち、やがてどっちが水面かもわからなくなり、息が苦しくなってくる。

どうしよう、佐古路様。

ごめん。大切な鍵、見つけられなくて……。

肺の中にドッと水が流れ込む感覚に、思考が鈍る。

滝が落ちる激しい水音が遠のき、手足の感覚もゆっくりと消えていく。

ごめん、佐古路様。ごめんなさい。

薄れる意識の中、拓海はひたすらに、佐古路に謝り続けた。

どこか遠くで、秋の虫が鳴いている。

涼やかな風が頬《ほお》を撫でるのに、身体はぽかぽかとあたたかくやわらかい何かで包まれているようだ。

「……くみっ、目を開けるのです。拓海っ！」

ドドド、という滝の音と、どこか懐かしく感じる声に、拓海はゆっくりと意識を手繰り寄せた。

「あ……」

濁った視界に、白くて大きなモノが映る。

「拓海、しっかりするのです！　拓海っ！」

突き出た大きな岩の下、意識を取り戻した拓海の目に飛び込んできたのは、白い大きな耳を生やした、佐古路の心配そうな顔だった。

「佐……古路さ……ま？」

「ああ、やっと名を呼んでくれましたね。拓海……っ」

目に涙を浮かべ、佐古路が拓海をきつく抱き締める。

「え、あ……あのっ」

肌に触れる感覚に違和感を覚え、ハッとする。

拓海は全裸で、佐古路の胸に抱かれていた。滝壺でもがくうちに下着が脱げてしまったの

だろう。

「う、うわっ……あの、佐古路様っ」

肌に触れるやわらかで心地よい感触は、佐古路の大きな尻尾《しっぽ》だ。ふわふわとしてあたたかい毛に覆われた大きな尾で、佐古路は冷え切った拓海の身体をあたためてくれていた。

「こ、こんな……はだ、裸で……っ」

襲いくる羞恥に手足をばたつかせ、佐古路の腕から逃げようとするが、容易《たやす》く制されてしまう。

「まだ秋口とはいえ滝壺の水は冷たい。身体もすっかり冷えてしまっている。私の尾はあたたかいであろう?」

言われたとおり、気を抜くと歯がガチガチ鳴るくらい、寒くて堪《たま》らなかった。

裸でいるのが恥ずかしくないわけじゃなかったけれど、まだ大人《おとな》になりきれない腰を抱えられ、ふわふわの尾で頬や顎《あご》の下を撫でられるとどうにも拒めない。

佐古路は拓海の気持ちを察してか、目線を闇に浮かび上がる浮狐の滝へと向けてくれる。

拓海は緊張を解くように、身体を弛緩《しかん》させた。

——ホントだ、凄《すご》く気持ちいい。

大きな尾に包まって、拓海はうっとりと溜息を吐いた。

「浮狐の滝に飛び込むなど、何故このような馬鹿げたことをしたのですか。泳ぎが得意な我ら狐のあやかしであっても、この滝壺に落ちれば助かるかどうかもわからないのですよ」

滝壺に呑《の》み込まれた者は二度と浮かんでこない――。

拓海は浮狐の滝の伝説と同時に、稲光とともに現れた佐倶路の言葉を思い出した。

佐古路の耳や尾は、弟だという佐倶路とまるで同じだ。

やはり佐倶路の言うことは真実だったのだと、改めて思い知る。

項垂れたまま黙り込む拓海に、佐古路は何も言わない。ただ優しく、拓海の髪や肩を撫で続けてくれるだけだ。

滝の音にかすかに虫の鳴き声が重なって聞こえる中、文字どおり佐古路のぬくもりを肌で感じていると、意識せず涙が込み上げてきた。

「……ふ、うっ」

堪えきれずに肩を震わせてしまう。

佐古路の鍵を取り戻すどころか、迷惑をかけてしまった。

嘘つきで、意気地なしの自分が、情けなくて堪らない。

「やっぱり、……駄目だ」

拓海はハッとしてあたたかい胸を押し戻した。

鍵がなければ佐古路が消えてしまう。

「オレ……、捜さなきゃ」

宣言すると、拓海は力ずくで佐古路の腕から抜け出した。そして、再び滝壺へ向かおうと立ち上がる。

「何をするのですか、拓海！」

しかし、すぐに佐古路の腕に抱き戻されてしまった。

「放してください！　佐古路様の鍵は滝壺の底に……っ、オレが捨てたんだ！」

「もう、よいのです！　拓海、もう……本当に——っ」

「よくなんかないだろ！　あの鍵がなきゃ……佐古路様は……っ」

体格差も、腕力にも差のある佐古路に羽交い締めにされて、拓海は駄々っ子のように暴れた。

「せっかく助け上げたというのに、私の目の前で死に往《ゆ》くつもりですか、拓海！」

さっきまでとは比べものにならないくらい、きつく抱き締められて息が詰まる。

叱《しか》りつける佐古路の声は酷く上擦《うわず》っていて、余裕なく震えていた。

「拓海、もう捜さなくともよいのですっ。……鍵はっ」

佐古路が声を荒らげ、拓海を腕の中に抱き竦めた。

「……でもっ」

鍵を捜し出さなければ佐古路が消えてしまう。

それだけは、たとえ自分が死んでも、嫌だった。

激しい焦燥に駆られ、拓海は腕を振り解《ほど》こうともがく。

「私のために、馬鹿なことをするでない！」

佐古路の、らしくなく興奮して裏返った声を聞いた直後、濡《ぬ》れた顳《こめ》かみに唇が押しつけられた。

「なっ……」

かさついた唇が触れた箇所から甘い痺れが広がって、堪らず声が漏れてしまう。驚きのあまり膝がカクンと折れたところへ、今度は顔を上向けられ、唇を塞がれた。

――え？

中途半端に開いた口腔《こうこう》に、佐古路の舌が容赦なく侵入してくる。

「う、ぅん……」

長い舌が別の生き物みたいに蠢《うごめ》き、拓海の舌を搦め捕る。そのまままきつく吸い上げられると、文字どおり骨を抜かれたみたいに身体の力が抜けた。

「落ち着きなさい、拓海」

崩れ落ちそうになったところを軽々と抱き上げられ、拓海はぼんやりとした眼差《まなざ》しを佐古路に向けた。

「もう、よいのです」

そう言う佐古路の表情は、どことなく嬉しそうに見える。大きな三角の耳がピコピコと震え、赤褐色の瞳が潤んでいた。

鍵がなければ自分の身が危ういというのに、どうして佐古路が微笑んでいるのか理解できない。

「でも、鍵が……っ」

気持ちが昂り、どっと涙が溢れる。と同時に嗚咽が込み上げ、それ以上何も言えなくなる。もどかしさに唇を嚙み締めていると、佐古路が優しく囁いた。

「鍵なら……」

甘く掠れた声に、意図せず背筋が震える。

「ふぁ……」

堪らず身を竦めると、いきなり剝《む》き出しの尻をそろりと撫で上げられ、拓海は「ひゃっ」と声をあげた。

「ここに、あります」

掠れた声でそう言って、佐古路が大きな掌で拓海の右の尻を撫でまわす。

「え、え……？」

そこには、あの日の罪の証である、鍵の形をした痣《あざ》があった。

「い、いやだっ……佐古路様っ」

佐古路に撫でられると、痣がジンジンと疼く。

今までの疼きとはあきらかに違っていた。熱いのに、くすぐったくてむず痒《がゆ》い。甘いさざ波のような痺れが尻から下肢《かし》へ、そうして下腹から上半身へと広がっていった。

「あ、えっ……うそ？」

右尻の痣を撫でられるうちに、拓海の股間《こかん》が浅ましい反応を見せ始めた。顳かみに口付けられたときとは比較にならない甘い痺れに腰が浮く。

足も手も力が入らない。嫌だと思うのに、拒むこともできない。

気づけば大きな岩の下で、拓海は胡座《あぐら》を掻いた佐古路の膝にすっぽり収まっていた。

逞しい腕と厚い胸の中、息を乱して身を竦め、小刻みに震えるばかり。

「そなたがこの地に戻ったときから、私の力が戻り始めた理由がようやくわかりました」

佐古路の尾がバタつく拓海の足を縛《いまし》める。

「な、んで……こんなっ」

はじめて味わう快感に、拓海はなす術《すべ》もなく身悶《みもだ》えた。

性的な経験がほとんどないまま、十九年生きてきた。雨男の業を自覚してから、必要以上に他人と馴《な》れ合うこともせず、恋も禁じてきたからだ。

「あっ……な、なにっ」

せいぜい、生理的な欲望を事務的に処理してきただけの拓海にとって、佐古路に与えられる刺激はあまりにも甘美で、そして、暴力的ですらあった。

ただ尻を撫でられているだけだというのに、身体が熱くなる。勝手に涙が溢れる。

もう、どうすればいいのかわからなくなりかけたとき、佐古路が耳に唇を寄せてきた。

「拓海、この痣が……」

佐古路の声がいつもよりも低く、ねっとりして聞こえる。

「私の鍵、そのものなのです」

「……え？」

快楽に朦朧《もうろう》としかけていた意識が、乱暴に引き戻される。

「うそ、だ。……だって、鍵は……オレが滝壺に……捨てた」

背後を振り返り、驚愕に目を見開く拓海を、佐古路が興奮の面持《おもも》ちで見つめる。

「間違いありません」

赤褐色の瞳がいつも以上に赤く光って見えた。

「そなたが、私の鍵なのです」

切れ上がった眦が紅潮して、狐のお面みたいだ。

「そんな……」

まさか、尻に残った痣が、鍵そのものだったなんて――。

いまだに動揺の治まらない拓海と同じく、佐古路も頬を紅潮させて興奮を抑えきれない様子だ。

「私も、にわかには信じられない。まさかこんなことが起こっていたなんて――」

喘ぐように言って、いきなり拓海を胡座を掻いた膝の上で俯《うつぶ》せにする。

「うわっ！　ちょっと……っ」

大きくてやわらかな尾が、拓海の顔が岩にぶつからないように胸から肩のあたりを支えた。

「しかし、そなたは自身が鍵となったため、数多《あまた》の苦しみを背負うてきた……っ」

背中越しに聞こえる声は、泣いているみたいに震えていた。

眼下に晒《さら》された尻朶《しりたぶ》の痣を、佐古路は繰り返し優しく撫で摩《さす》る。

「さ……佐古路様？」

拓海はそっと肩越しに振り返ると、困惑と哀しみが綯《な》い交ぜになったような佐古路の表情を見やった。

「可哀想《かわいそう》に……。私がもっと早くに気づいていれば、そなたがこの地を離れることもなかったでしょうに」

悪いのは拓海だというのに、佐古路は決して責めようとしない。

「本当に……可哀想なことを――」

予想外のことながら、鍵が見つかって佐古路が嬉しそうにしたのはほんの少しの間だけだった。

優しさの中に哀しみが透けて見える表情に、拓海は羞恥も戸惑いも忘れてしまう。

「……あの、本当に、この痣が鍵なんですか？」

力を抜いて佐古路の腕に身を任せ、改めて訊ねる。

「鍵は我ら眷属の霊力の象徴。人の目に見える形で顕現させただけで、鍵自体が力を持っているわけではありません。そなたが鍵を滝壺に投げ捨てた瞬間、宿る先を自分の姿を写したこの痣に移したのでしょう」

説明されると、そうだとしか思えなかった。

「そなたを無事に滝壺から救えたのも、この痣に宿った力のお陰。水の中、そなたの身体は淡い光に包まれて、私を導いてくれたのです。滝壺に沈んだ鍵を拾い上げたところで、今となってはただの銅の塊にすぎません」

ひとしきり鍵の痣を撫でると、佐古路はようやく拓海を抱き起こしてくれた。そして、いつものようにすっぽりと胸の前に抱きかかえる。

「そなたから霊力の匂いがしたのは、鍵を持っていたからではなく、力そのものを擁していたせいだったのですね」

佐古路の力が弱まったせいで、神域に主《あるじ》を持たぬ下等な狐が踏み入ったのも、拓海に襲いかかったのも、鍵の匂いに引き寄せられたせいだった。

「鍵の力を宿したそなたを喰《く》らうことで、あの者らはより強い霊力を得ようとしたのでしょう」

狐たちが本当に自分を食べようとしていたと知って、拓海は今さらながらゾクリと背を震わせた。

すると、怯えて震える拓海に気づいたのか、佐古路が腕と尾で全身を包み込んでくれる。

全身で佐古路の体温を感じると、それだけですべての不安が消えてしまう気がした。

「鍵は稲荷神から賜った力の象徴。我ら眷属である白狐は己《おのれ》の持つ鍵や宝玉、巻物などを渡した相手と番《つが》うことで、さらに強靭《きょうじん》な霊力を得る習わしがあるのです」

「あの鍵は、佐古路様にとって……とても大切なものだったんです……ね」

そう思うと、やはり激しい自責の念に駆られた。

「のう、拓海」

かすかに逡巡《しゅんじゅん》するように、佐古路が呼びかける。

「佐倶路に会ったのであろう？　酷いことを言われはしませんでしたか？」

夕方、激しい雷鳴とともに現れた佐倶路に詰られた記憶が甦り、拓海は思わず狐色の狩衣の袖を握り締めた。

「ううん」

首を振ってからそっと顔を上げ、しっかりと佐古路の目を見つめる。

「佐倶路様は何も悪くない。悪いのは全部、オレだから」

兄を思っての行動だとわかっているし、責められて当然だと思った。

拓海はあたたかい腕の中でゆっくりと深呼吸をすると、長い間胸の中に抑え込み続けていた罪の意識を、そっと解き放った。

「本当に馬鹿なことをしたって、後悔してるし、反省もしてる。お狐様の鍵を持って逃げるなんて……」

あのときのことを思い出すと、今も恐怖に肌が粟立《あわだ》つ。絹の生地を握った指先に力を込めると、その手を佐古路が上から包み込んでくれた。

まるで、勇気を出せと、応援してくれるようだ。

「その……ごめんなさい。あのときオレは、ただ……本当に恐ろしくて……」

悔やんでも悔やみきれない気持ちと、佐古路の優しさに対する感謝、そして、ようやく本当のことを打ち明けられた安堵に、再び涙がどっと溢れた。

佐古路が「泣かないでおくれ」と言って肩を抱き寄せてくれる。

「あれは不幸な事故だというのに、佐倶路が怒りのあまり我を忘れ、雷をむやみやたらと落としたのがいけなかったのです。私は少しも、そなたや、もうひとりの童を責めるつもりはないのですよ」

突如として鍵を失った佐古路は、その力を天守稲荷神社の境内の外までゆき渡らせることができなくなってしまったという。

「ただ、天守稲荷神と佐倶路は、鍵を持ち逃げ、謝罪にも現れぬそなたを頑として赦《ゆる》そうとはしなかった」

拓海は、鍵を折った当の陽介《ようすけ》が、きちんとお稲荷様にお参りして謝ったと言いにきたときのことを思い出した。陽介にバチがあたらなかったのは、やはり素直な心で罪を告白し、謝罪したからだ。

「形あるものが壊れてしまうのは仕方のないこと。たとえ石を削られ、柱に傷がつけられても、そのたびに人間に神罰を下すことはありません。ですが、稲荷神の使いである私の鍵を持ち去ったそなたには、天守稲荷神は雨降らしの業を負わせになられた」

佐古路の声はどこまでも優しく、穏やかだ。

それが余計に拓海を苦しめた。

「私は境内に姿を見せなくなったそなたから、雨降らしの業を祓《はら》ってやりたいとずっと願っていました。しかし、そのためには鍵が必要だった。いつかそなたがすすんで鍵を返してくれたら、すべてを赦し、業を祓ってやるつもりでいたのです」

佐古路の想いを知って、拓海は身の縮む気がした。

きっと佐古路にはすべてお見通しだったのだろう。

拓海が後悔の念に苛《さいな》まれ、町から逃げ出したことも……。

だからこそ、いつか拓海が勇気をもって謝罪し、鍵を返すのを待ってくれていたのだ。

無理に奪い返しても、拓海の雨降らしの業は祓えないとわかっていたから――。

「佐古路様、オレッ……」

なんて身勝手で、臆病《おくびょう》だったのだろう。

佐古路の底抜けの優しさに触れて、拓海は自らを恥じ入った。涙がポロポロと零れ落ち、小さな子どもみたいに肩を揺らして泣きじゃくってしまう。

「佐倶路はそなたをきつく罵ったのではありませんか？　だが、どうか恨まないでやってほしい。兄想いの生真面目《きまじめ》な性分なのです」

佐倶路の必死な面持ちを思い出す。

『兄じゃの鍵を、お前が盗んだりしたから――っ！』

彼の気持ちが、拓海にも痛いくらい理解できた。きっと佐倶路の立場だったら、同じようにしていただろう。

「拓海、そなたがこの土地を離れて以来、私の力はさらに弱くなっていきました。しかし、この春そなたが戻ってきてから、少しずつですが力が甦ってきたのです。こうして人の姿で境内を離れ、そなたの前に立てるのは、拓海……そなたのお陰なのです」

「何……言ってるんだよぉ……っ」

拓海は涙で顔をグチャグチャにしたまま、狐色の狩衣の胸許を摑んだ。

「オレのせいで、力がなくなったんじゃないか！　オレのせいで……佐古路様、消え……ちゃうかもしれないんだろ！」

優しいにもほどがある。

拓海はすっかりぬくもりを取り戻した腕で、佐古路の胸を叩いた。

「……佐倶路から、何もかも聞いてしまったのですね」

寂しげに微笑んで、佐古路が拓海の涙を指先で拭《ぬぐ》う。

「そなたとこうして話ができて、触れ合える……私はそれだけで充分に幸せなのです」

「な、んで……っ」

罪を咎《とが》められ、償いを求められて当然だ。

なのに一切そんなことを求めない佐古路の優しさが、拓海にはもどかしくて仕方がない。

「私はそなたがまだようやく歩き始めた頃から、ずっと見守ってきました」

佐古路はそう言うと、大きくてやわらかい尾と逞しい腕で、しっかり拓海を抱え直した。

「やがてそなたは、太鼓の名手であった父とともに、太鼓の上達祈願に参ってくるようになりました。毎日、欠かさずに朝と夕の二度、ひたむきな眼差しで稲荷神を見つめる姿は、これまで見てきたどんな人間よりも純粋で、愛《いと》しく思えたのです」

いつもしてくれていたように、佐古路が大きな手で髪を撫でてくれるたび、拓海の胸がツキンと痛む。

「境内で木の枝をバチに見立てて練習する姿や、祭りのたびに最前列で奉納太鼓の演奏に見入る様子に、私はいつしかそなたの夢を是非とも叶《かな》えてやりたいと願うようになりました」

そんなに小さい頃から、佐古路に見守られていたなんて、思ってもいなかった。

「拓海、我ら眷属が口に咥《くわ》える鍵や宝玉に、どのような意味があるか知っていますか？」

佐古路に訊ねられ、拓海は小さく首を左右に振った。

「佐倶路の宝玉は稲荷神の霊徳そのものを、私の鍵は、五穀豊穣《ごこくほうじょう》祈願の象徴である倉の鍵を意味します」

拓海は静かに佐古路の話に聞き入った。ただそこにあるのが当然としか思っていなかったお狐様の、鍵や玉の意味などほとんど知らずに育ったのだ。

「ですが私の鍵には、もうひとつの意味がある」

「もう、ひとつ？」

鸚鵡返《おうむがえ》しに問いかけると、佐古路がゆっくりと頷く。

「神への祈りを叶える強い願望の象徴であり、祈願成就の扉を開く鍵でもあるのです」

佐古路は「鍵の力だけで願いを叶えることはできない」と言い足した。

「本人の努力次第って、こと？」

「何よりも大切なことです」

頷く佐古路の横顔は穏やかだが、隠しきれない翳りを帯びていた。

「毎日、懸命に太鼓の練習をして、信心深いそなたの願いを叶えてやりたいと思っていました。……けれど、その鍵を私は失ってしまいました」

拓海のせいなのに、佐古路はまるで自分の過失のように話す。

「佐古路様……」

堪らず口を開いた拓海を、佐古路は眇《すが》めた瞳で制した。

「畏怖《いふ》に震え、恐れるあまりの、幼子の所業です。事情さえ明かせば、誰もが仕方がないと納得したでしょう」

あくまでも、鍵を持ち去ったことが問題なのだと、佐古路の赤褐色の瞳が告げていた。

「しかし、誰にも打ち明けられず、そなたは罪の意識に苛まれ続けた。そうして雨降らしの業のために人々を苦しめたくないという優しさから、己の欲を消して生きてきた……」

「ち、違う……。佐古路様、オレは自分のために逃げたんだ！」

そんなにできた子どもじゃなかった。自分可愛さに逃げ出したのだ。

それはほかでもない拓海自身が一番よくわかっている。

「それでもそなたは、誰にも『助けてほしい』と縋《すが》らなかったではありませんか。耐えきれぬほどの苦悩を、まだ小さかった胸にずっと抱え込んで……」

どこまでも佐古路は拓海を庇おうとする。

拓海はぐっと唇を噛み締めた。

佐倶路みたいに「鍵を返せ」と詰って、拓海に罪を償わせるのが当然だろうに――。

「どうして、佐古路様は……オレにそんなに優しくしてくれるんですか」

「苦しむそなたが、可哀想で仕方がなかったのです」

次から次へと溢れる拓海の涙を袖口で拭いつつ、穏やかな笑みをたたえて続けた。

「そなたがこの地を離れてからも、鍵よりそなたの身を案じてばかりいました。私はどうにも……拓海、そなたが愛しくて堪らぬ」

言い終えると同時に、佐古路が涙に濡れた頬に唇を押しつける。

「……あ」

きつく抱き締められ、涙を舌先で掬《すく》われると、拓海は自分の身体に違和感を覚えた。

「え、や……あのっ」

鎮まったはずの興奮が、再び襲いかかろうとしている。

「済まぬ、拓海……」

切なげに喘ぐように佐古路に名を呼ばれ、頬擦りされると、下腹が甘く疼いた。

「佐古路……様っ」

心臓が飛び出しそうなくらいドキドキと震え、息苦しさを覚える。

いったい何が起こっているのか、考えるだけで目眩《めまい》がしそうだ。

「そなたが鍵となった今、私は二度と鍵を手にできぬ……」

「え……、な、なんで……」

問い返そうとしたところを、汗ばんだ掌でそろりと脇腹を撫でられた。

「……ンアッ」

濡れた髪に吐息を吹き込むように、佐古路はひたすら囁き続ける。

「もうそなたの夢を叶えてやることもできぬ。こうして腕に抱き、話をすることも……やがてできなくなる」

いつも凛として穏やかで、けれど張りのある佐古路の声が、今はどこか頼りなく聞こえた。あきらかにいつもと違う様子に違和感を覚えつつも、肌に触れる手や唇、息遣いに翻弄されて、まともに言葉を発することもままならない。

「三百余年……佐倶路と天守稲荷神の眷属として務めてこられたことに、充分満足しているのです」

そっと振り返って潤んだ赤い双眸を見つめ、佐古路が嘘偽りのない本心を口にしていると悟った。

優しく力強い瞳を見ていると、想いの強さがひしひしと伝わってきて心が震え、目が放せなくなる。

「こうしてそなたと再び会えました。幼かったあの子どもが大きくなって、戻ってきてくれた」

堰《せき》を切ったように想いを打ち明けつつ、佐古路は拓海の尻や身体を撫でる手を決して休めようとしない。

「……あっ」

無防備な項《うなじ》を舌で舐《な》め上げられ、剝き出しの股間を手で擦《こす》られ、拓海はいよいよ何も考えられなくなっていく。

「い、いやだっ……佐古路様っ」

咄嗟に性器を弄《いじ》る佐古路の手の上から自分の手を添え、押し止めようとするが、新たに与えられる快感に呆気なく陥落してしまう。

「あ、あ……っ」

拓海は佐古路の腕の中で身も世もなく喘ぎ、腕に縋るだけになっていった。

「一度は失った鍵……。その鍵を痣として擁するそなたを娶《めと》れば、私は再び鍵の力を得ることができ、稲荷神に眷属として仕え続けられる……」

膝の上で身体を引き起こされ、背後からきつく抱き締められる。

「佐古……路さ、まっ……。あ、いや……うぅ」

耳朶《じだ》に直接囁かれているのに、何を言われているのか理解できなかった。佐古路のぬくもりに包まれ、怒濤《どとう》のごとく押し寄せる快感に支配される。

「けれど、私はそなたをもうこれ以上、苦しめたくはないのです」

――なに？　佐古路様、わからないよ。

甘い声なのに、どうして哀しく聞こえるんだろう。

拓海に手淫《しゅいん》を施しながら、佐古路が熱っぽく囁き続ける。

「素直で明るく、元気なそなたを見守るのが、私の日々の喜びであった。枝で石を叩く健気《けなげ》な姿に、いつ奉納太鼓を聞かせてくれるのだろうと待ち侘《わ》びておった。なのに……」

抱擁が、きつくなる。

性器に絡みつく指が、意地悪く苛む。

佐古路の体温を直接肌に感じて、拓海は背中に頬擦りされたのだとおぼろげに理解した。

「悪意のない事故によって雨降らしの業を背負い、そなたはすっかり元気を失った。そして私の目の届かぬ遠い場所へいってしまったのだ」

切々と想いを吐き出す佐古路の言葉を、すべて受け止められたわけではない。

けれど拓海は、肌に直接注がれる熱から、いかに彼が自分のことを慕い続けていてくれたのかを思い知った。

「そなたを失って、私は……寂しくて、申し訳なくて……」

かすかに嗚咽の交じった言葉に、胸が締めつけられる。

快感とは異なる、佐古路への純粋な恋情が、拓海の身体いっぱいに満ち溢れた。

「失ってしまった笑顔を取り戻してやりたかった。そなたが息災であることが、私の一番の喜び。それなのに――」

「あ、痛……ッ」

項に鋭い痛みを覚え、堪らず声を放つ。歯を立てられたと気づくのに、数秒を要した。

「私はそなたをもう苦しませたくはない」

「ん、あぁ……佐古路さまっ……も、駄目……放して……っ」

拓海を追い上げながら、佐古路が切なげに何度も名を呼ぶ。

「拓海、愛しい子よ。そなたがまたあの頃の笑顔を取り戻せるなら、私はどうなっても構わぬ」

尻の痣がジンジンと熱くなって疼いた。大きな手に握り込まれた性器は、もういつ果ててもおかしくない状態だ。

「ひっ……あ、あ、いや……いやっ……」

自分の身体が自分のものではないような感覚に襲われ、佐古路の腕に縋りつく。

「喰らうことなど、できるはずがない。かと言って、そなたを娶ることも……私にはできぬ」

もう、佐古路が何を言っているのか、欠片もわからない。言葉の切れ端がときどき鼓膜を震わせるだけで、意味までは捉えられなかった。

ただ、気が変になりそうなくらい、気持ちいい。

ただ、細切れに聞こえる佐古路の声が、泣きたいくらいに哀しい。

「そなたに、私と番うことを強いるつもりはない。もう充分、そなたは苦しんだ。これ以上、私のために鍵として生きろなど……人ならざる者になれなどと言えぬ——」

身を焦がすような熱に翻弄されながら、拓海は喘ぎ続けた。

けれど、その胸のうちでは、寂しげな声を発する佐古路のことが、気になって仕方がない。

「せめて、拓海。……どうか佐古路と、名を呼んで縛っておくれ」

どうして、そんな泣きそうな声で話すのだろう。

「さ……こ路、さまっ……」

佐古路は何度も「苦しめたくない」と繰り返し、拓海を絶頂へと誘う。

「拓海っ、……拓海」

名を呼ばれると、涙が滲《にじ》んだ。

背に硬いモノがあたる。それが何か考えると恐ろしい。

それでも、拓海は佐古路に与えられるすべてを、受け止めたいと思わずにいられなかった。

「私は秋の祭礼でそなたの奉納太鼓が聞けたら、それでもう思い残すことはありません」

――嫌だよ、佐古路様。そんな今生《こんじょう》の別れみたいなこと、言わないでください。

「私は、そなたの……だ……」

その後はもう、佐古路に何を言われたか覚えていない。

「どうか、忘れずにいておくれ――」

拓海は激しい絶頂の快感と同時に意識を手放してしまった。

そして、気づいたときには、何ごともなかったかのように身繕《みづくろ》いされ、笠居屋の露天風呂の東屋《あずまや》に寝かされていたのだった。

【六】

滝壺で溺《おぼ》れて佐古路に助けられた際、口に出せないような行為を施された気恥ずかしさもあって、拓海は浮狐の滝から足が遠退《とおの》いてしまっていた。

いや、本当は、別の理由がある。

佐古路が天守稲荷神社のお狐様であると知り、また、自分の罪の本当の意味を知ったことで、滝へいこうと思っても新たな恐怖に身が竦んでしまうのだ。

このまま何もしないでいるとどうなるか――。

自分のせいで佐古路が消えてしまうとわかった今、拓海はどんな顔をして佐古路に会えばいいか、答えを導き出せなかったのだ。

決して、佐古路に会いたくないわけではない。

どこまでも優しい佐古路のことを思うと、胸が軋《きし》んで目頭が熱くなる。

佐古路が好きだ。

これまで感じていた想いとは、あきらかに熱量も質量も違う、感情。

自分という個人を形成する肉や骨、細胞のすべてが、佐古路のことを思う気持ちでできていると錯覚するほど、好きで、愛しくて、苦しい。

拓海は佐古路への罪の意識に押し潰されそうになりながら、同時に、身を焦《こ》がすような恋情に喘いでいた。

毎日、平静を装って宿の仕事をこなしてはいるが、ときどき物想いに耽《ふけ》っては家族に心配された。

どんなに表面上は平気な顔をしていても、心は暗く沈んで苦しいばかり。

その証拠に、ここ数日は毎日晴天が続いている。

「この調子じゃ、祭りの日もいい天気になりそうだな」

不自由な右手を厭《いと》うこともなくなり、以前のようにいかなくとも宿の仕事に関わり始めた父が、カレンダーを眺めては嬉しそうに笑う。

長かった残暑が終わり、空も随分と秋めいてきた。

気づけば天守稲荷神社の秋祭りが、すぐそこまで近づいている。

「拓海のお陰で、今年の祭りは神輿《みこし》の担ぎ手の応募も去年の倍以上あったらしいわね」

町の観光協会と協力して、観光客向けに祭りへの参加企画を立てたところ、ささやかながら効果があった。温泉と祭りというキーワードがセットになっていたからか、海外からの参加応募もあったらしい。

もちろん、宿の方も祭りの前後は満室状態だ。

「だが来年以降も続けるとなると、もうちょい、企画内容を練り直した方がいいだろうって話だったな」

笠居屋だけでなく、町全体が天守稲荷神社の秋祭りに向けて動き出している。

地元の登録指定文化財となっている神輿も神社の蔵から出され、きれいに磨き上げられた。

地元の中学生の女の子たちは、稲荷神社に奉納する舞いの練習に余念がない。

「毎晩毎晩、寄り合いだなんだって出かけてますけど、くれぐれもお酒と煙草《たばこ》だけは控えてくださいよ、お父さん」

母に釘《くぎ》を刺されて、父が忌々しげに舌を打つ。

父のもとには、連日、稲荷神社の氏子中《うじこじゅう》の役員らが押しかけ、奉納太鼓をどうするかという相談ばかりしていた。

ここ数年、拓海の父がひとりで担ってきた奉納太鼓の叩き手は、いまだに見つかっていない。何人か候補者がいたが、一部分しか覚えていない者や、当日都合の悪い者ばかりらしい。

「拓海に叩かせたらどうか」

当然のように拓海の名が候補に上がった。拓海が幼い頃から太鼓の練習ばかりしていたことは、町中の誰もが知っている。

氏子中で名前が出る前に、父からそれとなく訊ねられてもいた。

しかし、拓海は頑として引き受けなかった。

——ダメだ。オレが祭に参加したら、きっと雨が降る。

拓海が太鼓を叩けば、たとえ拙《つたな》くとも体裁は整うし、町の皆も喜ぶだろう。

拓海だって子どもの頃からの夢が叶う。

何より、佐古路を喜ばせてやれる……。

けれど、自分の太鼓を聞いてしまったら、佐古路は消えてしまうかもしれない。

『そなたの奉納太鼓が聞けたら、それでもう思い残すことはありません』

佐古路の腕の中で聞いた言葉が、拓海を不安にさせる。

——どうしよう。どうしたら……。

佐古路が消えてしまう元凶が自分だとわかっているのに、何もできないのがもどかしい。

いつだって彼に甘えるばかりで、佐古路のために何かしてあげられたことがあっただろうか。

たったの一度でも、佐古路の望みを叶えてやれたらと思う。

けれど——。

『そなたを娶れば、私は再び鍵の力を得ることができ、稲荷神に眷属として仕え続けられる』

言葉自体は、理解できる。

自分が佐古路と番いになれば、彼は天守稲荷神の眷属として生き続けられるのだ。

——つまり、佐古路様と結婚するってこと……だよな。

しかし、朧《おぼろ》げに記憶に残る『人ならざる者になれ』という言葉の意味がわからなかった。

第一、娶るって……女じゃないんだし……。

いや、そもそも佐古路様が人じゃないのだから……。

「あぁっ、もう……っ！」

考えれば考えるほど、拓海の頭は混乱してしまう。

ただひとつ、確かなことがあった。

それは、佐古路に消えてほしくないということ。

拓海のせいで、力だけでなく、彼の命まで奪うことになるなんて、どうしても耐えられない。

佐古路のためなら、なんだってできると思う。

けれど、十歳の頃から心を苛んできた雨降らしの業による恐怖は、そう簡単に心から取り払うことはできなかった。

「我ながら……情けなさ過ぎるよ」

弱虫な自分が許せない。意気地なし、根性なしと、自分自身に罵詈雑言《ばりぞうごん》を浴びせたい気分だ。

「佐古路様、オレは……どうしたらいい？」

深夜、ひとり庭に下り立ち、天守山を眺める。

あのとき、滝壺の岩場で佐古路に触れられて、それはもう驚いた。

けれど、思い返せば、決して嫌ではなかったのだ。

佐古路の手指の動きやぬくもり、息遣い、尾のやわらかさに、自分でも気づかぬうちに夢中になって、気持ちよく身を預けていた。

『拓海、たくみ……』

「佐古路様……」

耳許で切なく喘ぐように佐古路に名を呼ばれたことを思い出す。

何故だか、繰り返し名を呼ぶことを求められた。

『佐古路と、名を呼んでごらんなさい』

拓海は乞《こ》われるまま、佐古路の名を喘ぎながら口にした。

「なんで、あんなに……？」

そう言えば、滝壺で再会したときも、佐古路は名を呼ばれることにこだわっていた。

鮮烈な快感に翻弄され、佐古路の想いを知ったときの記憶を、拓海は必死に掘り返す。

佐古路に名を呼ばれると、わけもなく涙が滲んだ。

そして――。

『名は、その魂を縛るもの。これで私はそなたに縛られた』

不意に、曖昧《あいまい》だった記憶が甦る。

「……あ」

啜《すす》り泣くような自分の喘ぎ声に紛れて、佐古路に囁かれた言葉が、ひとつひとつゆっくりと花開くようにあきらかになっていく。

『私は、そなたのものだ、拓海』

それは拓海も同じように、佐古路に縛られたということなのだろうか？

『どうか、忘れずにいておくれ——』

繰り返し自分の名を口にした佐古路の声を思い出すと、それだけで胸が切なく痛む。

途端に、どうしようもなく会いたくなった。

これは佐古路に縛られたせいなのだろうか。

『拓海、愛しい子よ。そなたが息災であるなら、私はどうなっても構わぬ』

頑《かたく》なに拓海のことを思ってくれていた、優しい佐古路。

滝壺で佐古路の切実な想いを知った日から、ずっと会っていない。

「会いたいよ……」

天守山の上にぽっかりと浮かんだ丸い月を見上げ、拓海は遣《や》る瀬《せ》なさに溜息を吐いた。


佐古路への想いは募り、焦燥に心が軋む。

会いたい気持ちは確かにあるのに、けれど拓海はどうにも勇気が出なくて、滝壺にいくことができなかった。

ましてや、祭りの準備で賑《にぎ》わう天守稲荷神社に近づくなど、言うに及ばない。

『この町の氏神様《うじがみさま》である天守稲荷神社の秋祭りは、毎年十月の、満月の日に行われます。町では……』


数日後、秋祭りについて宿のブログ更新をしていると祖母が呼びにきた。

「拓海、稲見屋《いなみや》さんがきてるんだけど……」

「……え、仕事じゃなくて？」

拓海に雨男なら雨を降らせと揶揄《やゆ》した酒屋の息子《むすこ》が、いったいなんの用だろう。

「それが、ちょっと様子が変なんだよ」

祖母の態度に不審を覚えつつ、拓海は母屋《おもや》の勝手口に向かった。

「どうも、ご苦労様」

一応は取引先になるので挨拶すると、祖母が言ったとおりどうも様子がおかしい。土間の隅にぼんやりと立ち尽くす稲見屋の目は虚《うつ》ろで、焦点が定まっていなかった。

「えっと、用って……何？」

訝《いぶか》しみつつ訊ねると、稲見屋は無言で手招きする。

――なんだよ、変な奴だな。

誰かに聞かれると困るようなことなのだろうか。

拓海は警戒しながら、稲見屋に近寄った。

すると、稲見屋は視線を宙に彷徨《さまよ》わせたまま、ずいっと身を乗り出したかと思うと、拓海に耳打ちしてきた。

「明六《あけむ》ツ刻《つどき》、天守稲荷神社、一之鳥居《いちのとりい》にて待つ」

「え、何？　どういうこと？」

意味がわからず、困惑して問い返すが、稲見屋はそのままふらふらと覚束《おぼつか》ない足取りで勝手口から帰っていく。

「おい、ちょっと待てよ！」

慌てて追いかけようとした拓海の耳に、雷鳴が聞こえた。

「……え？」

勝手口から庭へ回り込み、天守山を眺めると、はたして山頂部分に笠雲がかかり、ゴロゴロと雷が鳴っている。

「もしかして、佐倶路様……？」

雷は、まるで拓海に呼びかけるように鳴り続けた。

佐倶路が雷を操ることを思い出し、確信する。

きっと何かしらの力を使って稲見屋の息子を操り、拓海を呼び出したに違いない。

「でも、お稲荷様の……一之鳥居なんて」

近づいただけで雨が降り、尻の痣が痛むことを考えると、気が引けてしまう。

そのとき、拓海の弱気な心を見透かすかのように、ひと際大きく激しい雷鳴が轟いた。

「……ッ！」

兄想いの佐倶路の、必死の形相《ぎょうそう》が脳裏をよぎる。彼も佐古路を助けたくて必死なのだ。

うじうじと悩んでいる暇がないことは、拓海だってわかっている。

「とにかく、佐古路様の様子だけでも……」

美しく整った顔立ちや穏やかな声、赤い瞳と灰白色の髪。

そして、拓海に触れる優しい手の感触を思い出すと、抑えきれない愛しさが込み上げる。

もうひと月近く会っていない佐古路のことが気がかりで仕方なかった。

ともすれば恐怖に身が竦んでしまいそうになるのを奮い立たせ、拓海は佐倶路に会いにいくと決めた。


明六ツ刻とは、夜明けの時間。

そう教えてくれたのは祖母だ。

稲見屋の息子を通じて佐倶路の呼び出しを受けた拓海は、翌朝こっそり家を抜け出した。

緊張を覚えつつ天守稲荷神社に急ぐ。日の出前でまだ外は薄暗い。

ゆるやかな坂道を下り、小川沿いに駆けていくと、やはり雷が聞こえてきた。

雨は、降りそうにない。

不思議なことに、尻の痣もまったく痛む様子がなかった。

「おい、小童」

天守稲荷の一之鳥居の前に着くと、どこからともなく佐倶路が現れた。

「お前のせいで、兄じゃはすっかり臥《ふ》せってしまった」

雪のように白い髪を風になびかせ、ギロリと金色の瞳で睨みつける。

「佐古路様が……？」

「祭礼にむけ稲荷神に霊力を捧げ続けたため、人形《ひとがた》となってお前に会うことも叶わぬ。せめて以前のようにお前と会っていれば、わずかながらも力を蓄えておられたものを……っ」

「そんな……」

たった数日会わなかっただけで、そこまで佐古路の体調に影響があると聞かされ、自分に宿った鍵の霊力の大きさを思い知る。

「秋の祭礼は人間の都合だけで行われるものではないのだ。我ら眷属も稲荷神のご加護に感謝し、次の年の五穀豊穣を祈願して、その年に蓄えた霊力を捧げねばならぬ」

佐倶路の口から語られる言葉は、何もかも拓海が考えもしなかったことばかり。

霊力を稲荷神から授《さず》かるだけでなく、いわば供物《くもつ》として捧げることもあるのだとはじめて知った。

「人間が収穫した米や酒などを神前に供《そな》えるのと同じこと。我ら眷属は神の使いであるだけで、神ではないのだからな」

言われて、なるほどと思う。

「憎らしいが、お前と会っていたお陰で、兄じゃは祭礼前の務めを果たすことができたのじゃ」

しかし、鍵を失った佐古路はもとから霊力を失いつつあったのだ。

いくら眷属としての務めであっても、稲荷神へその力を捧げてしまったら、倒れてしまうのも無理のないことだった。

「四の五の言わず、さっさとお前を喰らっておればよかったのじゃ！」

佐倶路が目に涙をたたえ、吐き捨てる。

拓海は返す言葉もなかった。

「佐古路は馬鹿がつくほど優しい。お前のような罰当たりな人間にも情けをかける。鍵となったお前を喰らうことはおろか、番《つがい》として娶ることも拒み、塵《ちり》と化すまでと我を張って譲らぬのだ！」

佐倶路が毛を逆立て、拓海をあらん限り詰った。「さっさと食われろ、食われてしまえ」と、涙ながらに繰り返す。

「人間と番うなど、穢《けが》らわしい。ましてやお前は、天守稲荷神の神罰を受けた身じゃ。兄じゃの鍵となろうが、わたしはお前を赦しはせんからな！」

激しく罵られ、言い募られても、拓海は黙って聞いていた。佐倶路の気持ちは痛いほどにわかる。

何があっても拓海を優先する佐古路の優しさが、佐倶路には受け入れ難いのだ。

拓海だって、佐古路を助けたい。

けれど、自分の思考の及ばない神様の世界のことだけに、やはり戸惑う気持ちが先に立つ。

もし、佐古路に食べられず、鍵として番うことにしたとしても、佐古路の苦渋に満ちた表情を思い出すと不安で仕方がなかった。

『……人ならざる者になれなどと言えぬ――』

いったい「人ならざる者」とは何を意味するのだろう。

「まったく……」

拓海が思い倦《あぐ》ねていると、佐倶路が面倒臭げに溜息を吐いた。

「本来であれば眷属同士が番うもの。それ以外の、たとえば人間や動物などと番うと、相手は寿命の流れが変わり、我らと同じときの流れに生きることとなる。とくに人間は寿命を得ると途端に強欲になる浅はかな生き物だ。わたしはそれが許せぬのだ！」

「同じ、ときの流れに生きる……？」

真意を計りかねる拓海に、佐倶路がいよいよ苛立《いらだ》ちを濃くした。

「いや、兄じゃはきっと、己の身が塵となり消え去ることで、お前に宿った鍵の力も消滅することを望んでおるに違いない」

激しく舌打ちをするたびに、佐倶路の口許から鋭い八重歯が覗いた。

「力が、消滅する……」

佐古路が語ることのなかった、鍵の力にまつわる新たな真相を聞いた途端、拓海の胸にストンと何かが落ちた。

「あ、そうか。だからか」

間の抜けた声を漏らすと、またしても佐倶路が嘆息して睨んでくる。

――だから佐古路様は、オレと番うこともしないと、決めたんだ。

『忘れずにいておくれ――』

甘い快楽に溺れながら虚ろに聞いた佐古路の言葉の意味を、拓海はようやく理解する。

拓海は雨降らしの業を背負い、周囲から後ろ指さされて生きてきた。

そのうえ、佐古路と番っていつまでも年をとらないとなったら、周囲の目は今まで以上に厳しくなるだろう。

だから佐古路は「人ならざる者」として拓海を従わせるのが、忍びなかったに違いない。

それならいっそ鍵の力ごと、自分が消える道を選んだのだ。

「本当に、どこまで優しいんだよ。佐古路様……っ」

見返りなど欠片も望まない手放しの優しさに、涙が溢れた。

文字どおり、命を賭《と》して拓海を雨降らしの業から解き放とうとしてくれる、佐古路。

その想いに応《こた》えなくては、一生後悔するに違いない。

「たかが人の子の分際で、今日までこの地を守ってきた我らに仇《あだ》なすとは……っ」

嗚咽を噛み殺して身を震わせる拓海に、痺れを切らしたのか、佐倶路が声を荒らげた。

天守山の上に真っ黒な雲が広がり、雷鳴が響き渡る。

「兄じゃを救えるのは、お前だけなのだ！　さっさとその身を捧ぐと約束せい！　さもなくば、わたしが今すぐにもお前をくびり殺してやる……っ！」

拓海の目の前で、みるみる佐倶路の頭に耳が生え、尾がぶわりと現れる。

風もないのに白い長髪が宙に巻き上がった。

「佐倶路様……っ」

雷鳴の轟きとともに佐倶路が変化するのを目の当《ま》たりにして、拓海は目を瞠った。

「もう一刻の猶予《ゆうよ》もない。祭礼が終わる夜までに兄じゃに食われる覚悟を決めよ。もし逃げるようなことがあれば、お前だけでなく一族郎党すべてを雷にて焼き殺してやろうぞ！」

美しく整った佐倶路の顔がいっそう険しくなり、口が大きく裂けた。赤い舌が口角を舐め上げ、その奥に鋭い犬歯が覗く。

やがて佐倶路は大きな白狐の姿へと変化を遂げた。その口には、美しい瑠璃色《るりいろ》の玉を咥えている。

『我らの真の姿を見たとあっては、ただでは済まさぬ。雨降らしの業など及ばぬ神罰を下してやるからな』

佐倶路の声は、拓海の頭の中に直接注ぎ込まれた。

「でもっ、どうしたらいいのか……」

ふわりと宙に浮かんで雷鳴とともに空へ駆けゆく佐倶路に、咄嗟に追い縋る。

『言い訳など聞かぬ。先ほどの言葉は脅しなどではない。約束を違《たが》えたならば、必ずや死をもって償いとなす――』

捨て台詞を残すと、はたして佐倶路は一陣の風となって姿を消してしまった。

「佐倶路様、待ってくださいっ！」

拓海の叫び声が虚しく朝の澄んだ空気を震わせる。

次の瞬間、あたりが一気に明るくなり、東の山際から太陽が顔を覗かせたのだった。

【七】

天守稲荷神社の秋の祭礼は、その年の豊穣を祝い、翌年の祈願をする祭りだ。

——今さらだけど、お祭りの意味って、佐倶路様の言ってたのと同じだったんだ……。

『眷属も稲荷神のご加護に感謝し、次の年の五穀豊穣を祈願して、その年に蓄えた霊力を捧げねばならぬ』

宿帳のチェックをしながら、拓海は佐倶路の言葉を思い出す。

宿泊客の管理はパソコンで行っているが、歴史ある建物と一緒に情緒も味わってほしいと、笠居屋では拓海の提案で昔ながらの宿帳をつけている。もちろん、記載は宿泊者の自由だが、そっと添えられるメッセージは家族の励みになっていた。

この日、町はいよいよ天守稲荷神社の秋祭り、宵宮《よいみや》を迎えていた。

小さな田舎町《いなかまち》にあり、今ではすっかり寂れてしまった稲荷神社ではあるが、この時期には町を離れた者も多く帰省してくる。

また、拓海と観光協会の宣伝の甲斐《かい》もあって、祭りが目当ての観光客も例年になく町を訪れ賑わいを見せていた。

佐倶路に会い、鍵として佐古路に食われる覚悟を決めろと言われて、十日ほどが過ぎている。

ぐるぐると思い悩みながらも、拓海は結局、いまだにお稲荷様の境内にいけずにいた。

気持ちの問題もあったが、祭りが近づくにつれ、宿の仕事に追われて、実質的に足を運べずにいたのだ。父が祭りの役員として駆り出され、笠居屋の男手が拓海ひとりとなってしまったので仕方がない。

毎日、宿の仕事に忙殺され、夜、こっそり抜け出そうと思っても、布団に横になると目覚ましが鳴るまで起きられなかった。

そうして佐古路のことで懊悩《おうのう》しながら、結局、宵宮の日を迎えても、拓海は最後の迷いを拭えないでいた。

「拓海！　菖蒲《しょうぶ》の間《ま》のお布団、ひと組足しておいてくれた？」

宵宮と本宮の日にだけ、特別に出すお祝いの料理の準備に追われながら、母が台所から叫ぶ。

「布団と浴衣《ゆかた》の数はもうちゃんとチェックしたよ」

拓海はいつもと変わらぬ調子で返事をした。

自分の感情を押し殺すのは得意だ。雨男になって以来、嬉しいことも楽しいことも、感じないようにして生きてきた。

けれど今、拓海の心は、嵐の海みたいに荒れている。

本宮を迎える明日、祭礼に関わる行事が終わるまでに鍵の霊力を取り戻さなければ、佐古路は消えてしまう。

それだけでなく、佐倶路の遺恨によって、自分の家族にも災いが降りかかるのだ。

『そなたの奉納太鼓が聞けたら、それでもう思い残すことはありません』

あの言葉は、佐古路の本心だろう。

切々と語る表情を見ていた拓海の胸に、佐古路の想いが深々と突き刺さった。

今も、あのときの佐古路の気持ちを考えると、顔を顰《しか》めてしまうほど胸が痛む。

たとえ拙くても、奉納太鼓を叩いて聞かせてあげたい。喜ばせたい。

「でも、それだけじゃ……ダメなんだ」

佐古路を失いたくない。

しかし、そのためには、鍵として生きる覚悟を決め、佐古路に食われるか、番とならなければいけない。

——どうしたら、いいんだよ。

どうすべきかは、とうに答えが出ていた。

覚悟だって、できている。

ただ、家族のことだけが気掛かりとなっていた。

佐古路が消えずに済むため、家族を佐倶路の怒りから守るために必要な鍵は、自分自身……。

佐古路に娶られるということを、拓海は何日も考え続けていた。

人ならざる者として佐古路の鍵となり、ともに天守稲荷神社を守り生きていくということの意味を……。

「拓海、そろそろ出かけるから、お父さんと留守番、頼んだわよ」

「――あ、うん！」

お祝い膳《ぜん》の支度《したく》を済ませたらしい母の声に、ハッとなる。

笠居屋の企画で、母と祖母が宿泊客を宵宮に案内するのだ。ひとしきり縁日や奉納の舞いなどを楽しんでもらった後、宿で祝い膳を食べてもらうことになっている。

「ご祝儀は金庫の中、父さんが出かけるとき、ちゃんと会所の人に渡してね」

祭りの役員を務める父は、日暮れ前に会所から氏子総代《そうだい》が迎えにきてくれることになっていた。

「拓海はしっかりしてるから、大丈夫だねぇ」

揃いの印半纏《しるしばんてん》を着た祖母がニコニコと笑いかける。宿が忙しくなって負担も増えただろうに、祖母は以前にも増して元気になっているような気がした。

「うん、留守は任せて。お客さんと楽しんできなよ」

自分がお稲荷様に近づくと、何が起こるかわからない。拓海はもう随分と前から、祭りの間はお稲荷様に近づかないと決めていた。

けれど、今となっては、そうも言っていられなくなっている。

宿の表玄関から母や宿泊客たちを見送り、拓海は静かに天守山を仰ぎ見た。

沈みゆく太陽が空を見事な茜色《あかねいろ》に染め上げている。

雲ひとつない秋晴れの空に、雨の気配は微塵《みじん》も感じられない。

遠くから、かすかに天守稲荷神社のお囃子《はやし》が聞こえた。一之鳥居前の坂道には縁日が連なり、多くの人で賑わっているに違いない。

――今ごろ、佐古路様たちは、どんな気持ちでいるんだろ。

本殿《ほんでん》の前に鎮座する二体のお狐様を思うと、胸を掻《か》き毟《むし》りたくなった。

罪を犯した拓海を責めることなく、その罪を祓ってやりたかったとまで言ってくれた佐古路。

兄のために怒りを惜しまず、涙ながらに拓海を説得しようとした佐倶路。

彼らはずっと昔から、拓海を見守り続けてくれていた。

思い返せば返すほど、何故あんな馬鹿げたことをしたのだろうと後悔が胸を苛む。

『そなたが息災であることが、私の一番の喜び』

佐古路の無償の愛情を、拓海はこの町に戻ってくるまで知らずにいた。

優しい瞳や、もの静かな態度、包み込むような佇《たたず》まい。

自分が我慢すればいいと思い込み、引き籠っていた自分を包み込んでくれた佐古路。

力を失い、存在自体も危ういというのに、拓海の幸せだけを願い続けてくれた。

「佐古路様……っ」

気がつくと、拓海の頬は涙で濡れていた。

拓海は自分の胸に今まで感じたことのない熱い想いが溢れて止まらない。

「オレ……あのときからずっと、逃げてばっかだ」

臆病者なのではなく、ただ狡《ずる》い人間なのだと気づく。

佐古路に甘えるばかりでいいのか。

あんなに自分のことを思ってくれる佐古路を、見捨てるのか。

沸々と溢れる激情が、ずっと後ろ向きに生きてきた拓海を突き動かす。

「……オレが、佐古路様を助けなきゃ」

茜色に染まる天守山を見上げ、拓海は拳《こぶし》を強く握りしめた。

帳場に戻って手早く仕事を片付けると、父の部屋に向かった。

父は温泉場の町会で作った揃いの印半纏を着て、迎えがくるのを待っていた。

「どうした、拓海」

真剣な面持ちで畳に正座する拓海を、父が不思議そうに見つめる。

数日前までは、拓海の顔を見るたび、奉納太鼓を叩かないかと言っていた父だが、さすがにもうそんなことは口にしない。結局、今年の太鼓奉納は、曲の一部分だけが演奏されることになっていた。

「父さん、ひとつ訊《き》きたいことがあるんだ」

居ずまいを正し、まっすぐに見つめると、父は何かを察したのか、畳に腰を下ろして向き合ってくれた。

「上手く説明できないんだけど、オレ、ふつうの親孝行とかしてあげられないかもしれない」

佐古路を助けるということは、鍵として生きるということだ。

「人ならざる者」となったとき、はたして家族を苦しめやしないかと、拓海はそれが気がかりだった。

十歳のとき、急におとなしくなり、中学から町を出たいと言った拓海を見守ってくれたのは、佐古路だけじゃなく家族も同じだ。

その家族に何も話さず、想いも確かめないまま身勝手な行動をとることは、拓海にはできなかった。

「宿もちゃんと継げるかわからない」

拓海はひとつひとつ言葉を噛み締めながら語った。

父は黙って聞いてくれている。

「それでも、オレのこと息子だって思っててくれるかな」

身勝手はしたくないと思いつつも、言っていることは充分勝手だと思った。

それでも、これが今、拓海ができる精一杯の説明だった。

何もかもを話すには、きっと佐古路や天守稲荷神の許しがいるに違いない。

数秒の沈黙に続いて、父が気が抜けたような溜息を吐いた。

「馬鹿だな、拓海」

胡座を掻いていた左膝を立て、そこに腕をついて身を乗り出す。

「親なんてモンは、子どもが幸せそうに笑ってりゃ、それで充分なんだ」

緊張に身を硬くする拓海を解きほぐすみたいに、父がいつもと変わりない態度と口調で続ける。

「お前がガキのとき、急に笑わなくなって、外でも遊ばなくなって……。そりゃ親だから心配した。だから望まれるまま、都会の学校へいかせたんだ。なのにお前は元気になるどころか、まともに喋《しゃべ》らなくなって……正直、どうしたモンかと母さんと途方に暮れてたんだ」

「父さん……」

父や母の苦悩をはじめて聞かされて、拓海は申し訳ない気持ちでいっぱいになった。ぐっと抑え込もうとしても、涙が目に浮かび、鼻の奥がツンとなる。

「俺がこんな身体になっちまって、呼び戻したことも最初は後悔した。だが最近、お前……よく笑うようになっただろう」

言われてはじめて、拓海は自分の変化に気づかされた。

「仕事も裏方ばっかりだったのが、なんだ、ほら、ブロ……ブログとか、ネットのなんとかってので、宿を守《も》り立ててくれようとしてんの見て、母さんやばあさんもホッとしてたんだ」

幼い頃から何も言わず、ただそばに寄り添い見守ってくれた家族の愛情に、拓海は改めて感謝する。

「だからな、拓海。お前が何しようと構わねぇ。好きなように、やりたいことをやるんだ。他人様《ひとさま》に迷惑をかけず、毎日笑ってくれてりゃ、それ以上の親孝行はない」

「父さ……ん」

心が震えた。はじめて正面から向き合った父の言葉に、己の未熟さを痛感する。

これ以上、何を迷い、躊躇《ためら》う必要があるだろう。

これだけたくさんの愛情を受けながら、何も返さずにいられるほど、拓海は図々《ずうずう》しくも鈍感でもないつもりだ。

——よし。

拓海は意を決した。

「父さん、オレ……明日の本宮で、奉納太鼓叩くよ」

「えっ？」

父親が驚きと喜びが綯い交ぜになったような顔をする。

「お前、叩けるのか？　お稲荷様の大太鼓は並大抵の力じゃ、最後まで叩きとおせないんだぞ？」

「それぐらいわかってる。自信があるわけじゃないけど、体力の心配だけはないと思う。最近、力仕事とか山歩きばっかりしてるから」

にこりと笑うと、拓海は父に力こぶを作ってみせた。

「練習はもう何年もしてない。でも父さんが毎年奉納していた太鼓の拍子は全部覚えてる」

正座して告げると、父がここ最近で一番の笑みを浮かべた。

「しかし、拓海。宵宮の夜から本番まで、太鼓は叩いてはならない決まりだ。お前、ぶっつけ本番で大丈夫か？」

「なんとかやってみる」

拓海は大きく頷いてみせた。

すると父がおもむろに立ち上がり、「ちょっと待ってろ」と言って隣の仏間《ぶつま》に向かった。

襖《ふすま》一枚隔てた仏間には、笠居家の先祖を祀《まつ》った仏壇と、神棚がある。父はその神棚の前に立つと柏手を打ち、踏み台を使って神棚の奥へと左腕を伸ばした。

——あ。

父が白木《しらき》の箱を慎重に下ろすのを見て、拓海は急いで駆け寄る。

「父さん、大丈夫？」

左手でしっかと白木の箱を摑んだ父が、麻痺《まひ》の残る右腕を添えてニヤリと振り返った。

「心配いらねぇよ。ほら」

拓海が差し出した両手に、白木の箱を手渡す。

「父さん、これって……」

「ああ」

踏み台から下りた父が大きく頷いた。

白木の箱に収められているのは、年に一度、父が毎年手にしてきた奉納太鼓用のバチだ。

「天守稲荷の神様は懐《ふところ》の深い神様だ。多少下手《へた》でも許してくださる。ただ、神様への奉納太鼓だ。素直な心で、神様への気持ちを打ち込め。お前の……心を曝《さら》け出して叩くんだ」

「うん」

「氏子中と宮司様には、俺から上手いこと言ってやる。お前は明日に備えて心を落ち着かせておけ」

父はそれ以上、何も言わなかった。

前日になって急に太鼓を叩くなんて言い出せば、各方面に迷惑がかかるだろう。

しかし父は拓海の心変わりを責めることなく、しっかり頑張れと背中を押してくれた。

「父さんに負けないよう、想いを込めて、太鼓を奉納するよ」

拓海は白木の箱をしっかと腕に抱き、父に向かって覚悟を告げた。


その夜、仕事を終えた拓海は、今までにない新鮮な気持ちで浮狐の滝へ向かった。

最後に佐古路と会ったのは、もう一カ月以上も前のこと。まだ夏の名残《なごり》が感じられる季節だった。

岩場を下り、滝壺の縁へ立ち、飛沫《しぶき》を上げる滝を見上げる。

しかし――。

『待っていましたよ、拓海』

いつも不思議と先にきて、拓海を待っていてくれた佐古路の姿はない。

「佐古路様」

小さくその名を口にするだけで、どうしようもなく心が震え、肌が粟立つ。

愛しさが募り、佐古路の優しさに応えたいという想いが溢れ出す。

「お稲荷様と、佐古路様のために、明日は一生懸命、太鼓を叩きます」

天には丸い月。

明日は満月だ。

鍵が沈んだ滝壺を見つめ、拓海は今度こそ本当に、覚悟を決めたのだった。

翌日の本宮、天守稲荷神社祭礼は、夕方になるといっそうの盛り上がりを見せた。担ぎ手が足りず数年前から参加できていなかった二つの区域が、観光客の応募によって神輿を復活させたこともあり、昨年からは想像できない賑わいだという。

「素晴らしい秋晴れにも恵まれ、多くの人に詣《もう》でていただいて、本当に今年の祭礼は特別感慨深いものとなりそうです」

数日前から町に滞在しているという宮司が、急遽《きゅうきょ》奉納太鼓の叩き手として会所で準備していた拓海に声をかけてきた。白髪交じりの温厚そうな初老の宮司の顔を見て、拓海は「この人は、お狐様じゃないよな?」なんて、つい思ったりしてしまった。

——緊張するかと思ったけど、わりと落ち着いてるな。オレ。

父が見守る中、奉納太鼓の手順を氏子総代や宮司と繰り返し確認する。

やがて準備が整うと、拓海は身を清められ、白装束《しろしょうぞく》に着替えた。真新しいさらし布で褌《ふんどし》を締め、胸許までさらしを巻く。その上に天守稲荷神社の神紋が入った半纏を羽織《はお》った。

——あ、痣が……っ。

褌を締めることを失念していた拓海は、ハッとなった。

しかし、どういうわけか誰も右尻にある痣のことを口にしない。まるで赤錆色《あかさびいろ》の痣が見えていないようだった。

不思議に思いつつも身支度を整えると、その後、習わしに従って、本殿近くに設けられた陣幕の中で本番まで過ごす。

奉納太鼓の叩き手は、その瞬間まで誰の目にも触れてはいけない決まりだ。

せめて太鼓を叩く前に、ひと目でも佐古路に会いたかったが、それは叶わなかった。陣幕に入る途中、ちらりと本殿の前の狐像に目をやるくらいしかできなかったのだ。拓海の視線の先には、壊れた鍵を咥えた石造りの狐が静かに座していただけ。

天守稲荷神社の神紋である左廻り一つ稲の丸の紋が染め抜かれた陣幕の中、ひとりになった途端、拓海は急に不安に押し包まれた。

——雨が降ったら、どうしよう。

天気予報は明日まで降水確率は0パーセントと言っていた。

誰も雨が降るなんて思っていないだろう。

しかし、拓海は不安でならない。

本殿前の舞台に立った途端、何かが起こる気がして仕方がなかった。

「駄目だ、しっかりしろ。何があったって、最後まで叩ききるって決めただろ」

自分自身を叱咤《しった》する。

「それに、子どもの頃の、夢が叶うんだ」

目を閉じれば、お稲荷様の境内で太鼓の練習をした光景が思い出された。

もうずっと夢に見て、そうしていつしか諦めていた奉納太鼓を叩くときが、いよいよやってくる。そう思うとバチを持つ手だけでなく、さらしを巻いて半纏を着た身体もじっとり汗ばんだ。

「落ち着け、大丈夫だから」

何度も自分に言い聞かせるうち、不安が消え、入れ替わるように高揚感が湧き上がってきた。

心臓がドクドク鳴って、興奮が抑えきれない。

それは、拓海にとって久しぶりの感覚だった。

ワクワクして気が逸《はや》る。

——いけない。

いつの間にか、出番を待ち侘びている自分に気がついて、拓海は慌てて気を引き締めた。

このままでは、きっと雨が降るに違いない。

無心にならなければ……。

拓海は正座した膝の上で両手を握り締め、目を閉じると、奉納太鼓の拍子を心の中でなぞり始めた。

やがて、西の山の向こうへ日が沈み、いよいよ天守稲荷神社の大太鼓を奉納するときがやってきた。

拓海は氏子たちが担ぐ籠に乗せられて陣幕を出ると、小さな本殿の正面に設けられた舞台へ上がった。尻の痣を気にする余裕なんて欠片もない。

境内には篝火《かがりび》が焚《た》かれているほかに灯《あか》りはなかった。

境内を埋めた観衆が、祭りのクライマックスに息を呑んでいる。

舞台の右手、宮司と氏子総代など役員が並んだ中に、父の顔を認めた。父は拓海の目を強く見つめている。その瞳が、頑張れと言ってくれているようだった。

「……よし」

拓海は小さく気合いを入れると、自分の身体より大きな太鼓を前に姿勢を正して立った。

そして習わしに則《のっと》って、まずは右の稲荷・佐倶路に二礼二拍一礼し、続いて左の佐古路にも二礼二拍一礼した。

――佐古路様。どうか見守っていてください。

心の中で語りかけると、最後に小さな本殿に向かって二礼二拍一礼する。

息を整え、もう一度気合いを入れ直すと、拓海は勢いよく半纏を脱ぎ捨てた。

ワッと歓声があがる。

小柄ではあるが、地道に鍛えてきた背筋と上腕筋があらわになる。赤々と燃える篝火の灯りが、拓海の体軀《たいく》を神秘的に照らし出した。

太鼓の横に置かれていたバチを手に取り、深呼吸を二回して、右腕を高々と振り上げる。

「――っ！」

張りのあるかけ声と同時に、拓海は大太鼓にバチを打ちつけた。

ビリビリと腹に響く低音が境内に轟き、木々を揺らした直後。

雨が、ぽつりぽつりと降り始めた。

拓海は「やっぱり」と思ったが、演奏に集中した。

「……あ、雨だ」

観衆の中から戸惑った声があがる。

しかし、夜空には雲の欠片もなく、満月が燦然《さんぜん》と輝いていた。

「お天気雨だ」

「狐《きつね》の嫁入《よめい》りだ」

月夜のお天気雨に、ざわめきが起こる。

しかし、雨は霧のようにさらさらとしたもので、人々はすぐに太鼓の音に聞き入った。

境内にかすかな雨音と、拓海の叩く勇壮な太鼓の音だけが響き渡る。

拓海は積年の想いを込めてバチを振るった。

天守稲荷神への贖罪《しょくざい》の想い、黙って見守り続けてくれる家族への感謝、兄想いの佐倶路に詫《わ》び、そうして佐古路にはありったけの謝意と恋情を送る。

引き締まった身体が汗でべっとりと濡れる。降り注ぐ雨が肌に心地いい。

やがて十五分ほどが過ぎ、一番の山場を迎えた。

拓海はさらに力を振り絞った。

「ハ――ッ」

激しく声をかけ、バチを打ちつける。

腕がだるくなってきたが、負けるものかと歯を食いしばる。

佐古路様、聞いてくれてますか。

集中すればするほど、胸にたったひとつの想いだけが濃く滲んだ。

お稲荷様、どうか、お願いです。

佐古路様を助けたいんです。

ひと打ちごとに、願いを叩きつけた。

視界の端に、鍵の折れた柄を咥えた狐像を捉え、ひたすら願う。

佐古路様を救いたい。そのためなら、なんだってする。

狐像……佐古路は、雨に濡れてなんだか泣いているように見えた。

左右の腕をちぎれんばかりに振り下ろし、腰をどっかと据えてクライマックスへと向かう。

「イヨォ――、ハッ！」

かけ声を放った瞬間、勢いよく振り上げた左手から、バチが滑って抜け、宙に待った。

「あ……っ！」

しんと静まり返った境内がどよめく。

一番のクライマックスだ。

こんなところで失敗するなんて――。

まさか、という想いに青ざめ、拓海は息を呑んだ。

舞台のかたわらで、父が心配そうに見上げている。周囲を埋め尽くした観衆が、拓海の動向に注目していた。

どうしよう。

困惑に立ち尽くし、右手に残ったバチを握り締める。

そのとき、不意に雨がやんだかと思うと、境内に霧が立ち籠めた。

「え?」

拓海だけでなく、その場にいた全員がきょろきょろとあたりを見回し、戸惑いの表情を浮かべる。

次の瞬間、本殿の前で白い光が弾けた。

「おい、お稲荷様だ!」

誰かが叫び声をあげ、人々がいっせいに目を向ける。

大きな白い狐が突如として現れ、バチを口に咥えて舞台に飛び込んできた。

「……佐古路さ……ま?」

拓海は目を疑った。

少し灰色がかった白い毛並は、拓海がよく知る佐古路の髪色そのものだ。何より、穏やかに見つめる赤褐色の瞳が、紛れもなく佐古路であると告げている。

大きな尾をゆっくりと振りながら、佐古路はバチを拓海の手に渡してくれた。

「佐古路様……っ」

衆目があるにも関わらず、拓海の窮地を救うため、佐古路は身を挺してくれたのだ。

「力がなく……なって……。なのに、こんな……無茶して――」

霊力をほとんど稲荷神に捧げ、力を失い弱っていると聞かされたことを思い出し、拓海は胸を掻き毟りたくなるような衝動に駆られた。

項垂れる拓海の頭を、白狐の佐古路が鼻先でツンと突《つつ》く。

まるで「早く続きを叩け」と促すように。

「うん」

震える手でバチをしっかり握り直すと、拓海は新たな想いを胸に、再び太鼓に向き合った。

そうして、左腕を大きく振りかぶる。

「ハ――ッ」

かけ声と同時に、ドン、と太鼓の皮を打つ。

すると、舞台の上から白狐がふわりと舞い上がり、霧とともに闇の中へ消え去った。

観衆は声も出ない様子で、舞台上の光景を見つめていた。文字どおり、狐につままれたように惚《ほう》けている。

しかし、拓海の力強い太鼓の音が、観衆の気を一瞬で引き戻す。

再びサラサラと降り始めた雨を切り裂くようにバチを振るい、立ち籠めた霧を震わせ、拓海は一心不乱に太鼓を叩き続けた。

――佐古路様！

助けるつもりが、助けられてしまった。

せめてこの太鼓の音で、佐古路を心から喜ばせたい。

今、佐古路のためにできることは、奉納太鼓を最後まで叩き終えることと信じ、拓海は最後の力を振り絞った。

そうして、両のバチを思いきり打ちつけ、高々と天に向かって腕を突き上げた瞬間、降りしきっていた小雨《こさめ》がぴたりとあがり、天空に眩《まばゆ》いばかりの満月が輝いたのだった。

「はっ……はぁ、はあっ」

拓海は肩で大きく息をしながら、深々と本殿にお辞儀をした。身体が燃えるように熱い。全身汗だくだ。

直後、境内からどっと歓声があがった。拍手が沸き起こり、あちこちから拓海の演奏を褒《ほ》め讃《たた》える声が飛ぶ。

「……うわ」

舞台の上から境内の様子を見下ろした拓海は、思わず息を呑んだ。

境内を埋め尽くす人々が皆、零れ落ちんばかりの笑みを浮かべている。

――みんな、笑ってる。

自分のせいで雨が降ると、人に迷惑をかける。嫌な想いをさせてしまう。

ずっとそう思い込んでいた。

「拓海兄ちゃん！」

群衆の中に陽介の姿を認め、拓海はそっと手を振った。その後ろに稲見屋の姿も見える。彼も興奮の面持ちで拓海の名を叫んでいた。

拓海はもう一度、今度は人々に向かってお辞儀をすると、ゆっくり舞台を下りた。

「……父さん」

宮司や氏子総代たちと待ち受けていた父は、目に涙をいっぱいに溜《た》め、ウンウンと頷くばかり。

そんな父に何も言えず、拓海もまた、涙を零したのだった。


奉納太鼓をもって祭事のすべてをつつがなく終え、会所では氏子中や各区域の役員らで打ち上げの宴会が行われていた。

話題はもっぱら、突如現れた白狐のことだ。光の中、霧とともに現れ、拓海の窮地を救った大きな白狐を、町の人たちは天守稲荷神に違いないと言って盛り上がる。

拓海も話題の中心人物として質問を浴びせられたが、適当に誤魔化《ごまか》しつつ、こっそりと会所を抜け出した。

お稲荷様の一之鳥居のはす向かいに建つ会所を出ると、小走りで境内に向かう。

ほんの数時間前までの賑わいが嘘のように、あたりはしんと静まり返り、虫の声と小川のせせらぎだけが聞こえていた。

――佐古路様は、大丈夫だろうか。

『祭礼が終わる夜までに……』

佐倶路に告げられた約束の期限を思うと、不安で胸が押し潰されそうだ。

もし、もう佐古路が消えてしまっていたら、いったいどうすればいいのだろう。

一之鳥居をくぐって石段を駆け上がり、鬱蒼《うっそう》とした木々と闇に包まれた境内に目を凝《こ》らす。

「佐古路様」

少しだけ声を抑えて呼んだ。

しかし、返事はない。

拓海はそろそろと石畳が敷かれた参道をすすんだ。

「……もしかして、オレ間に合わなかったのか？」

まさか、という想いが胸をよぎったとき、目に飛び込んできた光景に愕然とした。

本殿に向かって左側の台座から、狐像が消え失せている。

「う……そだっ」

背筋がひやりとして、目眩がした。

あまりの衝撃に立っていられなくなり、拓海はくたりとしゃがみ込んでしまう。

「嘘だろ……っ。佐古路様……いやだ、消えないで……っ。お願いだから……もう一度、姿を見せてくれよ、佐古路様――っ！」

滝のように溢れ出た涙を拭いもせず、拓海は感情のままに叫んだ。

すると、不意に突風が吹き、木々が大きくざわめいた。西の空へと移動した月は煌々《こうこう》と輝いているのに、ポツリポツリと雨が降り始める。

「そなたに泣かれると、私も辛くなってしまうではありませんか」

穏やかで優しい声を聞いて、拓海はハッとする。

「佐……古路さ……まっ」

顔を上げ、立ち上がろうとしたが、それより先に拓海の身体がふわりと宙に浮いた。

「うわぁっ！」

「さあ、笑っておくれ。拓海」

気づくと、拓海は佐古路の腕に抱かれていた。

灰白色の髪に赤褐色の瞳。頭上に覗く三角の尖《とが》った耳と、背後で揺れる大きくてやわらかそうな尾、狐色の狩衣姿は、拓海が恋い焦がれた佐古路だ。

「佐古路様、消えて……なか……」

間に合ったのだと安堵の溜息を零すと、佐古路が拓海の額に頬を擦りつける。

不思議なことに二人の周囲は鬱蒼とした森になっていた。天守稲荷神社の本殿も、鳥居や手水舎、そして佐倶路の像さえ見当たらない。

月が輝き、雨がただ静かに二人の頭上に降り注ぐ。

銀の糸を思わせる細い雨は、しかし、拓海の髪も佐古路の肩も、決して濡らすことはなかった。雨粒は確かに目に見え、雨音もする。それなのに、触れてもどこも濡れない不思議な雨だ。

だが拓海はまやかしのような雨よりも、間近に美しく微笑む佐古路に目を奪われた。

「見事な奉納太鼓でした。いにしえの名手たちも、そなたの父も霞《かす》んでしまうほど、聞く者の心に訴えかける響きに、佐倶路も聞き惚《ほ》れていたのですよ」

太鼓を褒められ嬉しくなるが、拓海にはそんなことよりもっと大切なことがあった。

「そ、それより、佐古路様っ」

焦燥に突き動かされるまま、拓海は胸に抱いた決意を告げる。

「オレ、佐古路様の鍵になります」

途端に、佐古路が険しい表情を浮かべる。

「そなたの太鼓が聞けただけで充分だと、改めて口にしなければわからないのですか？」

拓海が思っていたとおり、佐古路は鍵を諦め、塵と消えるつもりでいるのだ。

「そんなの、オレが嫌なんだよ！」

狩衣の胸を摑み、拓海はキッと切れ上がった双眸を睨み上げた。

「オレを食べるか……番として娶れば、消えずに……死なずに済むんだろう？」

必死だった。

今までずっと、拓海は佐古路に助けられてばかりだった。

だから今度は、自分が佐古路を助けたい。

「佐古路様は……自分が消えて、オレの雨降らしの業が消えれば……それで満足なのかもしれないけど……っ」

激昂して涙の潤んだ瞳で見つめると、佐古路が眉を顰《ひそ》める。

「また、佐倶路が余計なことを喋ったのですね」

「余計なことじゃない！　何も知らないまま、オレだけ助けられるのなんてご免だ！」

不意に、雨粒がひとつだけ、佐古路の頰を濡らした。

「……拓海」

佐古路の青白い頰を伝う雨の雫《しずく》が、まるで涙みたいだった。

「眷属である白狐に娶られることの意味を、きちんと考えての決意ですか？」

難しい顔で佐古路が問う。いつになく厳しい眼差しに、佐古路の強い想いが感じられた。

だからこそ、拓海は一歩も引き下がりたくないと思う。

「うん」

佐古路の赤い双眸をまっすぐに見据え、ゆっくり頷いてみせた。

人が眷属の番となるということは、人であって人でなくなるということだ。

人の寿命を越えて、佐古路と数百年を生き、添い遂げるということだ。

「ちゃんと考えた。家族のことも、佐古路様の気持ちも……。オレなりに凄く悩んで、考えて決めたんだ」

佐古路が無言で、拓海の決意を量るかのように見つめる。

「佐古路様はオレが子どもの頃から見守ってくれてた。でも、オレ……自分だけが守られてるなんて、もう嫌なんです」

拓海は佐古路の胸許を摑んでいた手を放すと、そっと逞しい肩に伸ばした。

「……拓海？」

佐古路が少し驚いた様子で首を傾《かし》げる。

両腕を回して抱き締め、拓海はちゃんと伝わるようにと祈りつつ、想いのたけを告白した。

「佐古路様のことを支えられる、鍵として生きたい。俺のそばにずっといてくれたみたいに、オレも……佐古路様のそばにいるって決めたんだ」

佐古路が小さく身体を震わせた。

「本気で……言っているのですか？」

その表情は見えなくても、拓海の気持ちを違わずに理解してくれた証だろう。

「本気だよ。お稲荷様の前で、もう二度と嘘を吐いたり逃げたりしないって誓ったんだから」

「しかし、そなたの家族はどうするのです。あの宿を継いで、子をなし、天寿を……」

らしくなく、佐古路の声が上擦っていた。

拓海は肩に回した腕に力を込め、気負いのない声で答える。

「それも、ちゃんと考えたよ。でもさ、ふつうに考えたら、死ぬのはオレが一番最後ってことになる。それなら、少し年をとるのが遅くなったとしても、家族みんなの最期《さいご》を看取《みと》ることができるなら、いいかな……って」

「そんな、簡単なことではないのですよ」

事もなげに話す拓海に、佐古路が苛立ちをあらわにする。

拓海は腕をゆるめると、佐古路の顔を間近に見つめた。

「跡継ぎとか結婚とか、まあいろいろ言われたりするだろうけどさ」

ふにゃりと笑ってみせると、佐古路が呆れたとばかりに溜息を吐く。

「そなた、すっかり幼い頃の顔つきに戻っていますよ」

苦笑交じりに言われて、なんだか嬉しくなった。

「もともとヤンチャ小僧だったんだから、仕方ないよ。それに、オレを変えてくれたのは、佐古路様なんだから」

「しかし、だからといって、そなたと番うわけには……」

佐古路が話をすり替えようとするのを、拓海はすかさず遮った。

「名前は魂を縛るって言ったのは佐古路様だろう？　佐古路様がオレのものだっていうのなら、鍵であるオレは佐古路様のもののはず。一緒にいなきゃ意味がない」

自分が犯した罪から逃げていた拓海を、佐古路は常に優しく見守り、無言のうちに励ましてくれていた。

その想いに報いるためには、彼の鍵となって添い遂げるのが一番だと確信している。

短い沈黙の後、佐古路が口を開いた。

「我ら眷属の名を呼んで縛ることができるのは、人間のみ。いにしえの人々が神の使いである眷属を従えるため、生み出した呪術《じゅじゅつ》のひとつなのですよ」

そう言って、眷属である佐古路がいくら拓海の名を呼んだところで、魂を縛ることはできないと教えてくれた。

「だからこそ、私をそなたに……縛りつけてほしかったのです。たとえ番うことができなくとも、力を失い消えたとしても、私はそなたに名を呼んでもらえれば……それでよかった」

吐息交じりにそう言って笑みを浮かべる佐古路に、拓海はドキッとした。

「けれど、そなたの想いを聞いた今、私は……身勝手な欲を抱いてしまった」

拓海を見つめる佐古路の表情は言葉にならないほど妖艶《ようえん》で、そして匂い立つような色香が溢れていた。

「佐古……路様？」

途端に、心臓が暴れ太鼓みたいに乱れ打つ。赤褐色の瞳に見つめられるだけで、気が遠くなりそうだ。

「本心を申せば、奉納太鼓を聞いた瞬間、そなたが胸に抱いた覚悟が伝わってきました」

拓海は熱に浮かされたような感覚のまま、無言で佐古路を見つめた。

「私に娶られる覚悟、そして、天守稲荷神に仕える覚悟が、ひと打ちごとに私の胸を貫いたのです」

そう言って目を細める。

優しい微笑みに、何故か拓海は全身が粟立つのを感じた。

「人の前に真の姿を晒すのは、眷属として一番の醜態です。しかし、そなたの健気で激しい想いに応えたいと思うあまり、私は微塵も躊躇わなかった」

閃光とともに現れた、大きな白い狐の姿を、拓海は今も鮮明に思い浮かべることができる。

「けれど、あのときの私の覚悟など、きっとそなたの覚悟の足許には遠く及ばない」

甘い匂いに包まれるような錯覚と同時に、拓海は強く抱き締められていた。身体がどんどん熱くなる。

「あ――」

不意に、それまで静かにそこにあった尻の痣が、灼《や》けるように熱を発した。

「あつ、い……」

「そなたの覚悟は、私を……欲張りにさせる」

佐古路の大きな手が、拓海の髪を掻き抱く。

「難しいことは、オレはわからない」

息苦しいほどの抱擁に、自然に言葉が零れ落ちた。

「ただ、佐古路様に消えてほしくなかっただけなんだ。お稲荷様にきちんと謝りたいって思いながら、必死で太鼓を叩いた……だけ」

佐古路の体温を感じ、独特の芳香《ほうこう》に酔い痴《し》れる拓海の耳に、佐古路が掠れた声で甘く囁く。

「それで充分です、拓海」

顎を掬われ、口付けられると思った瞬間、拓海は顔を背けた。

「……拓海？」

佐古路があからさまにムッとする。

「待って……」

唇を尖らせ、子どもみたいに拗《す》ねる佐古路を見て、こんな顔もするのかと嬉しくなった。

「何を待てと言うのです」

途端に、拓海の胸に愛しい気持ちがぶわりと込み上げる。

「オレ、佐古路様に言っておきたいことがあるんです」

腕を突っ張って、顔を寄せる佐古路に改めて「待って」と言った。

そして、意を決する。

「佐古路様、オレ……あなたのことが好きだ」

言葉にすると、佐古路への恋情がより確かで大きなものになる気がした。

「鍵を壊して、滝壺に捨てたオレを、佐古路様はずっと見守ってくれてた。自分が消えてしまうかもしれないのに、オレの罪を赦そうと……してくれた」

ひとつひとつ言葉を紡ぐたび、想いが溢れ出して、泣けてくる。

拓海は何度も洟《はな》を啜り、目に浮かぶ涙を手で拭いながら、今まで佐古路に伝えられなかった想いを打ち明けた。

「そんなオレが……お稲荷様や佐古路様のお役に立てるか……わからないけど、ずっと……一生、佐古路様のそばにいさせて……くださ……いっ」

最後はみっともなく、嗚咽交じりになってしまった。

情けなさと羞恥のあまり、拓海は佐古路の胸に強引に抱きつく。

「オレのことも、佐古路様に……縛りつけて――」

精一杯の、愛と覚悟の告白。

「あまり……煽《あお》ってくれるな」

佐古路の声が上擦って聞こえるのは、気のせいだろうか。

「本当に、そなたを番として娶ってもよいのですね？」

改めて覚悟を問われても、拓海はもうガクガクと頷くしかできない。

「うん、うんっ……」

身体が熱い。

尻の痣が熱い。

頭がクラクラして、心がざわめいて、とにかくもう、どうにかしてほしくて堪らなかった。

「拓海」

名を呼ばれ、目が合うと、佐古路が双眸を細め、今度こそ唇を塞がれる。

「それでは、婚姻《こんいん》の契りを――」

掠れた声で囁かれると同時に、搦め捕られた舌に犬歯を立てられた。


「おい、月が出てるのに雨が降ってるぞ」

「狐の嫁入りじゃ」

「お稲荷様がお渡りなさっているのだろうよ」

サラサラと降り続く雨音のむこうに、祭りの打ち上げを終えたらしい人々の声が聞こえた。酒が入って声高になっているのだろう。

「気になるのですか？」

佐古路に抱き竦められたまま、拓海は顔を真っ赤にして頷く。

「そりゃ……こんなところ、見られたら……」

いったいどういう仕組みになっているのだろう。気づけば着ていた服が消えてなくなり、全裸で佐古路に抱かれていたのだ。

しかし佐古路はまったくに意に介さない様子で、拓海の頬や耳許に唇を押しつけてくる。

「安心なさい。すでに結界を張っています。私たちの姿は彼らには見えません。もちろん声も届かぬ」

鬱蒼とした木々に囲まれた地面には、いつの間にか緋毛氈《ひもうせん》が敷かれていて、甘い芳香が漂っていた。

確かに天守稲荷神社の境内にいたはずなのに、あまりの状況の変化に不安が隠せない。

「結……界？」

羞恥と不安の綯い交ぜになった顔で訊ねると、佐古路がまたきつく抱き締めてくる。

「拓海のこのように可愛らしい姿を、私以外の者に見せて堪るものですか」

そう言った佐古路の横顔は、いつもの穏やかな表情とはまるで違っていた。

嫉妬と独占欲をあからさまに見せつけ、余裕なく拓海の唇を貪《むさぼ》る。

「うっ……ん、あっ」

濃厚な口付けに、拓海はただ戸惑うばかりだ。

乱暴に口を塞がれたかと思うと、佐古路の舌が無遠慮に口腔に侵入してきた。そして、慣れない行為に喘ぐ拓海の歯列や舌を、熱をもった長い舌で弄《もてあそ》ぶ。

堪えきれない吐息も、溢れて滴《したた》る唾液《だえき》も、すべて佐古路に奪われた。

「拓海の唾液は……糖蜜《とうみつ》よりも甘いのですね」

佐古路がうっとりとして感嘆の表情を浮かべる。その後ろで大きな尾が嬉しげに揺れていた。

「もっ……そういうの、言うな……ってば」

死んでしまいたいくらいの羞恥に、拓海はなす術なく身悶えた。

それなのに、もっと佐古路に舌を吸ってほしいなんて思ってしまう。

「唾液だけではありません。涙も……唇も、肌も……ほら、ココも——」

緋毛氈の上に横たえられたかと思うと、まだ狩衣を着たままの佐古路が覆い被《かぶ》さってきた。

「あっ」

次の瞬間、薄く筋肉のついた胸許に口付けられる。

「い、あ……ちょっ……んあっ」

小さな胸の突起を、佐古路が赤ん坊のようにちゅうちゅうと吸い上げる。その間も、大きな掌が無防備な拓海の身体の上を這《は》い回った。

左の乳首を指先で弾かれたかと思うと、脇腹をさらりと撫で上げられる。そのあとには浮き上がった腰骨を撫でられ、やがて、恥ずかしい状態になっていた性器を握られた。

「ああ……っ！」

堪らず声をあげてしまう。

浮狐の滝で手遊びされた光景を思い出した途端、佐古路の手の中の性器が一気に硬くなった。

「ひっ……あ、いや……そんなとこ、触ら……な、あ、あっ」

腕を伸ばして制止しようと思っても、容易く腕を搦め捕られてしまう。

「どうして？　ここは随分と心地よさげに、涙を流して喜んでいるというのに」

佐古路が拓海の桜色の乳首を舐《ねぶ》りながら、うっとりと目を細めて告げる。

上目遣いの眼差しを認め、拓海は背中を波打たせた。

「ふっ……うぁ、あっ……あっ」

赤褐色の瞳にあきらかな情欲が滲んでいた。拓海を獲物でも見るようなぎらぎらした目で見上げ、白い犬歯を覗かせて囁く姿に、言葉で言い表せない刺激を覚える。

「ああ、冗談でなく……このままそなたを、喰らってしまいたい……っ」

興奮に上擦った声で佐古路が喉《のど》を喘がせる。息が荒く、拓海に触れる手には、優しさよりも荒々しさが感じられた。

「本当に……そなたはどこもかしこも甘く、いい匂いがする……」

身体を伸び上がらせて、佐古路が拓海の耳許で鼻を鳴らした。そして、べろりと頬を舐め上げ、拓海の目を覗き込んで妖艶な笑みを浮かべる。

「拓海……ほら、名を呼んでごらんなさい」

堪えきれずに溢れ出た涙を舌で拭いながら、佐古路が乞い求める。

拓海ははじめて味わう快感に戸惑いつつ、吐息交じりに愛しい人の名を口にした。

「佐古……路、さま」

すると、佐古路が大きな両手で頬を包んで、花が開くように破顔した。

「もう一度、呼び捨てでかまいません。もう一度、名を呼んでおくれ……」

切れ上がった眦に、涙の粒が浮かんでいるように見えた。

赤い瞳が揺れている。大きな三角の耳がピクピクと、期待に震えている。

それを見ていると、何故だか拓海も感極まってしまう。

咄嗟に腕を伸ばし、佐古路を抱き締めた。

「佐……古路っ、佐古路……っ」

大きな背中を掻き抱き、長い髪に指を絡め、止めどなく溢れる想いのまま佐古路の名を呼んだ。

「拓海、なんと愛しく、淫靡《いんび》で、可愛らしいのでしょう……」

佐古路が拓海の声を直接呑み込もうとするように、何度も唇を重ねてくる。

佐古路に舌を吸われるとおかしくなくらい気持ちよくて、頭の奥がジンジンと痺れて力が抜けていく。強く抱き締めていたいのに、何度も腕が緋毛氈の上に落ちそうになった。

「拓海、そなたを私の番とできることを、稲荷神に心から感謝しなくては……」

拓海のすんなりと伸びた足を、足首から脛《すね》、膝、そうして腿《もも》へと撫で上げて、佐古路が恍《こう》惚《こつ》とした笑みを浮かべる。

そして、左腕で高々と膝を抱え上げると、おもむろに下肢に顔を埋めた。

「え、あ、あ……っ？」

手で触れられただけでも、気が変になりそうだったのに——。

すっかり硬く勃起《ぼっき》した性器を、佐古路がぺろりと舐め上げた。

「ひ……ッ！」

「なんて……甘い」

うっとりとそう言ったかと思うと、ぱくりと勃起を呑み込む。

「……んあぁっ！」

想像を絶する快感に、拓海は堪らず背を仰《の》け反《ぞ》らせた。

「やっ……あ、あっ……駄目、だめ……佐古路っ……い、や……っ」

身も世もなく喘ぎ、佐古路の髪を摑んで嫌々と首を振る。

けれど佐古路は口淫を解いてはくれない。

それどころか、根元まで口に含んだかと思うと、長い舌を細身の幹に巻きつけ、ぬるぬると扱《しご》き始めた。

「んあっ……やめて、あ……ふあ、……いやだっ。汚……いから……もぉ、放し……っ」

恥ずかしくて堪らない。

なのに気持ちがよくて、腰が揺れるのを止められなかった。

自分の身体じゃないような気さえしてくる。

「もっと、ですか？　私の口の中でまた大きくなりました。それに、蜜が溢れて……袋もきゅうきゅうと縮まって、なんともいやらしい」

言いながら、佐古路は執拗に性器を責め立てる。

いつも優しくて、いつだって拓海の気持ちを優先してくれていた佐古路が、今は酷く意地悪に思えた。

やがて散々に性器を舐めると、佐古路はさらに拓海の腰を抱え、くるりと身体を反転させた。

「うわっ」

一瞬で体勢を変えられて、拓海は目を白黒させた。

しかし、すぐにまた恐ろしいほどの快感に襲われる。

「小振りで引き締まって……なんと可愛い」

今度は尻を揉《も》みしだかれ、拓海は羞恥に顔を突っ伏した。

佐古路は拓海が恥ずかしがるのを喜んでいるようだ。

大きな手で痣のある右尻を撫でまわしつつ、左手を前に忍ばせて性器を弄る。

「ああっ、や……もぉ、やめ……っ」

甲高い喘ぎが漏れるのも、理由なく涙が流れるのも、拓海はどうすることもできない。

ただ佐古路に与えられる快感に戸惑い、流され、溺れてしまう。

「ここもきゅうきゅうと蠢いて、愛らしい」

佐古路がどこを見ているかなんて、考えたくもない。

拓海はぎゅっと緋毛氈を摑み、羞恥に耐えた。

くちゅり……と。

尻を割り開かれたと察した直後、あり得ない場所にあり得ないものが触れた。

「や――」

慌てて腰を捩《よじ》ろうと思っても、佐古路にしっかと抱きかかえられ、虚しく緋毛氈を引っ搔いただけ。

「じっとしていなさい」

佐古路が舌で尻の窄《すぼ》まりを舐めながら淡々と告げる声に、返事をすることもできなかった。

「ふっ……うぅっ」

湿った淫靡な音に耳を塞ぎたくなる。顔から火を噴きそうなほど恥ずかしいのに、佐古路の言葉に従ってしまう。

「ほら、そなたのここもゆるんできました……」

執拗に舌を這わせ、中に捩《ね》じ込みながら、佐古路がゆっくりと拓海の身体を解きほぐしていく。

佐古路の唾液には、何か怪しい成分でも含まれているのかと思うほど、身体から力が抜け落ち、下肢が蕩《とろ》けたように熱くなっていった。

「あっ……あっ……あっ」

佐古路の舌や手指の動きに合わせて、勝手に喘ぎ声が出てしまう。

「拓海、気持ちがよいのですね？」

指摘されると、羞恥と同時にさざ波のような快感が肌の上を走り抜けた。

「もっ……変に……なるから、はやく……はやく、……終わらせ……てっ」

拓海は毒のような快楽から解放されたくて、咽《むせ》び泣きながら懇願した。

佐古路の手や舌で育てられた性器は硬く張り詰め、粗相でもしたみたいに濡れそぼっている。いつ達してもおかしくないのに、一向に射精する気配がない。

佐古路が触れた身体のあちこちが熱く痺れ、それだけで目眩するほどの快感を覚える。

「佐古路……もぉ、だめ……助けて……っ」

「拓海……私の拓海、なんと愛らしい声で啼《な》くのだ」

喘ぐたびに、佐古路に「愛らしい」だの「可愛い」だの言われて、余計に羞恥が募った。

「……ああ、拓海」

かすかな衣擦れの音に重ねて呼ばれる。

答える間も与えられず、腰を深く抱え込まれた。

佐古路の下肢に触れ、彼が狩衣や身に着けていたものを脱ぎ捨てたのだと知る。

「……拓海」

切なげな声で呼びながら、痣のある尻を執拗に撫でられた。そして、背骨に沿って舌を這わされ、項に噛みつかれる。

「あ」

直後、熱が触れた。

尻の窄まりに違和感を覚えつつも、それが何かを考えるのも億劫《おっくう》なくらい、拓海の思考はどろどろに蕩けていた。

「もうすっかりほぐれて、熱くなり、私を待ち侘びているようです」

「……なんで……もいい、からっ……早く――」

楽にしてほしい――。

続けようとした言葉は、しかし、灼熱《しゃくねつ》の衝撃と言葉に絶する快感によって掻き消された。

尻の奥を探っていた何かが抜け落ちた直後、灼けた鉄杭を思わせる何かが、拓海を一気に貫いたのだ。

「――――ッ！」

声もなく、絶叫する。

「……う、ぅ。た……くみっ」

耳許で佐古路が苦しそうに息を吐く。背後から拓海の胸を抱き、ぐい、と腰を押しつけてきた。

「あ、あっ……」

息をするのもままならないほどの圧迫感と、身体を内側から焼かれるような熱量に、拓海はガクガクと全身を震わせた。

どういうわけか、尻の痣が火を点《つ》けたみたいに熱くなる。

「熱……いっ」

「済まぬ、拓海……。すぐに心地よくしてやるから……しばらく、我慢しておくれ……っ」

佐古路の声に余裕がない。

「いい子だから、私を……受け入れておくれ」

宥《なだ》めるように頬を舐め、ふわふわの尾で足や腿を撫で擦ってくれる。

「さ、佐古路っ……」

拓海はどうにかそれだけを口にすると、首を捻《ひね》って振り返った。

佐古路の目がいつになく赤みを増し、爛々《らんらん》と輝いている。切れ上がった眦がさらにきつく吊り上がって、拓海を見つめる表情はまさに獣のそれだ。

——佐古路と……、繋《つな》がって……る。

腹の中に、自分ではないものがいる。それはドクドクと脈打ち、暴れさせろと叫んでいた。

「堪らない……っ」

吐息交じりに言ったかと思うと、佐古路が腰を揺すり始める。拓海の細く引き締まった腰をしっかと摑み、汗ばんだ項や肩にときどき歯を立てながら、リズミカルに腰をうねらせた。

「やっ……待って……！　んあっ……ひっ、うあぁ……あっ……あっ！」

肉を抉《えぐ》り、内臓を突き上げられる衝撃に、拓海は堪らず悲鳴をあげた。毛氈を引き摑み、突き上げられるリズムに合わせて短い嬌声《きょうせい》を放つ。

尻の痣が、さらに熱を帯びる。

拓海は尻が焼け爛《ただ》れてしまうのではないかと思った。

「ああ……凄い。なんと……心地よいのだっ」

パンパンと腰を叩きつけながら、佐古路が感嘆の声を漏らす。

下肢から響く湿った音がやけに大きく聞こえた。

揺すられ、穿《うが》たれるたび、拓海の性器が跳ねて腹を打つ。細身の性器は赤く腫《は》れて、痛み

や圧迫感にも萎《な》える気配がない。まるで歓喜するように先走りを溢れさせるばかり。

「んあっ……あ、あぁっ……佐古路っ……佐古路っ」

痛いのに、気持ちがいい。熱くて苦しくて堪らないのに、もっとほしいと思ってしまう。

「そなたの……中は……桃源郷のよう……だ」

佐古路は休むことなく責め立てる。腰を抱える手が汗でぬめっているようだ。

「はぁっ……あ、あ、やめ……佐古路、そこ……触ん……なっ」

獣の交わりそのものの格好でまぐわう、さらにその背後から、佐古路の尾が腹の下に潜り込んで拓海の性器に触れた。

「ひ、ぃあ……やだ……いやっ、イク……イッちゃ……う、う、うぁっ……」

ふわふわとやわらかい毛で覆われた尾が、まるでそこだけ別の意思を持つかのように、拓海の性器を嬲り、袋をくすぐり、尻の谷間を撫で擦った。

直後、拓海の背筋を雷鳴が走り抜ける。

「あ、あ、あ……っ」

全身を戦慄《わなな》かせ、佐古路の尾で先端をくすぐられながら、拓海はとうとう精を放った。

目も眩むような絶頂感に息を詰め、直後、肩から緋毛氈の上に崩れ落ちる。

「ああ、そなたの精は……匂いまで甘いのか」

それでも、佐古路は許してくれない。

「もっと啼いておくれ……拓海。もっと……いやらしい声で、私の名を……っ」

昂《たかぶ》りに上擦った声で佐古路が意地悪を囁く。胸に回した指先で、尖った乳首をくすぐる。

「や、やめ……んあっ……もぉ……ほんとに、また……出る……からっ」

信じられないことに、射精したはずの拓海の性器は萎えることなく、次の絶頂を目指して熱く張り詰めていた。

「やだ……佐古路っ……お願い……だからっ」

経験したことのない快楽の波に呑み込まれ、鼻から抜ける甘い嬌声を発し、佐古路の名を呼び求めては啜り泣く。

「抜いて……頼む……からぁっ！　佐古路っ、いや……もう、無理っ……」

「まだ……もう少し、そなたの中にいさせて……くださいっ」

拓海の腹の中で、佐古路の分身はいつまで経っても精を放とうとしなかった。じわじわと体積を増し、その根元の膨らみを捩じ込んで、交合を解くまいとする。

声が嗄《か》れるほどに啼き喘ぐ拓海の胸を絶え間なく愛撫《あいぶ》しながら、佐古路が陶然とした声を漏らした。

「ああ、このようにまで……人とのまぐわいが……心地よいものとは」

言いながら、佐古路が我を忘れた様子で、拓海を貪るように抱き求める。

「禁忌と……されるのも、頷ける……っ。のう、拓海……っ」

耳を尖った犬歯で噛まれて、拓海はその痛みにまで感じてしまった。

もう、何がなんだかわからない。

自分の身体がどうなっているのか、いったいどれほどの時間が流れたのか……。

「佐古路……ッ、お願いだ……から、もぅ……抜いて……、これ以上……死……んじゃぅ」

拓海は知らぬ間に、二度目の精を放っていた。

胸から上を緋毛氈に押しつけ、腰だけ高く掲げた体勢で、佐古路に好き放題に穿たれ続ける。腹の下は拓海が放った白濁でべっとり濡れていた。

「許しておくれ……っ。果てるまでは……抜いてやることができぬのだ……っ」

言葉では謝りながらも、佐古路は一向に手をゆるめてくれない。それどころかより強く激しく、拓海の体内を穿ち、貪り喰らう。

「そなたが私の……番であり、鍵であると……証明するため、しっかり匂いを染み込ませなくては……ならないの……ですっ」

打ちつけるリズムに合わせて言葉が途切れた。

「以前のように……下等なあやかし共が、そなたに近づかぬ……ようにっ」

声が途切れると、拓海は腹の内側で何かが爆《は》ぜるのを感じた。

「あ、あ……っ！」

じわりと熱が身体中に広がっていく。

「拓海……これでそなたは、私のものだ」

佐古路のホッとしたような声を虚ろに聞きながら、拓海は再び絶頂の波に攫《さら》われた。

——佐古路……これでもう、消えたりしない……よな？

意識が遠のく中、ぼんやりと空を見上げる。

青白い満月が燦然《さんぜん》と輝く夜空から、銀色の雫がいくつも、本当にいくつも、二人に降り注いでいた。


「大丈夫ですか、拓海？」

そっと揺り動かされて、拓海は重い瞼《まぶた》を抉《こ》じ開ける。

懐かしいぬくもりを感じてふと気づく。

「あ」

拓海は、佐古路に後ろから抱きかかえられ、やわらかな尾に包まれていた。

「申し訳ないことを、してしまいましたね」

肩越しに拓海の顔を覗き込んで、佐古路が反省の色を浮かべる。

「え……、あれ？　佐古路様……あの、なんか……変わってません？」

赤褐色の双眸を抱く美しい容貌《ようぼう》はそのままに、けれど佐古路は確かにその印象を一変させていた。

「拓海、私のことは呼び捨てにと、約束したはずです」

拓海の言葉尻を捉えてムッとする佐古路の髪、そして、知らず腕に抱き寄せていた大きな尾を交互に見やって、拓海は「やっぱり、変わってるってば！」と言った。

すると、拓海の様子がおかしく映ったのか、佐古路がフッと笑みを浮かべて、尾の先を細かく揺らしてみせた。

「ああ、コレ……ですか」

拓海の目の前で、ふわふわの毛に覆われた尾が揺れる。

「そなたという鍵を得て、本来の姿に戻っただけです」

佐古路の灰白色の髪や、尾が、目にも眩《まぶ》しい銀色に変化していた。

「もとの、姿……って」

「私の毛はもともと、このような銀色をしていたのです。しかし、鍵を失って霊力を保てなくなるにつれ、輝きが消え失せ灰白色になってしまいました」

キラキラと輝く銀色の尾を見つめ、拓海は唖然とする。

もとからきれいな人だと思ってはいたが、髪が銀色に変わると、まともに目を合わせるのが辛いくらい、佐古路の美しさは度を超していた。

「これも、拓海が私の鍵として番の契《ちぎ》りを交わした証でしょう」

佐古路が目を伏せ、穏やかな表情で拓海の髪を撫で梳《す》く。

「人ならざる者となったのです」

「うん」

改めて、思い知る。

これからの長い一生を、目の前の美しい狐の化身と生きるのだ——と。

「そなたを思い悩ませた痣は消え、雨降らしの業も祓われたはず。そなたはもう、天守稲荷神にお仕えする身となったのですから」

「……うん」

拓海はゆっくりと、けれど想いを込めて頷いた。

「オレ、一度きちんとお稲荷様にお参りして、今までのこと、ちゃんと謝ります」

佐古路が拓海の言葉に嬉しそうに笑った。

【八】

遠くで、雷が鳴っている。

ザーザーと雨も降っているようだ。

ああ、よかった。

お祭りのとき、あんまり降らなくて……みんなに迷惑かけなくて、本当によかった。

拓海は心地よい雨音と、低く響く雷鳴を聞きながら、薄く笑みを浮かべて寝返りを打った。

「まったく、なんとだらしのない寝顔であろう」

枕許から聞こえた辛辣《しんらつ》な言葉に、拓海はハッとして飛び起きる。

「えっ、ちょっ……なんで?」

布団のかたわらに目を向けると、そこには狩衣を着て正座する佐倶路の姿があった。

「もとからゆるみきった顔が、余計にゆるんでおる。何を浮かれておるのだ。恥ずかしい奴め」

佐倶路がギロッと金色の瞳で睨みつけ、呆れたとばかりに溜息を吐く。

「ど、どうして……てか、え、なんでっ?」

状況が把握できず混乱する拓海に、佐倶路は苛立ちを見せつけた。

「このようなことは容易い。それに結界を張っておるから、案ずることはない」

「……あ、うん。そう、なんだ」

完全に納得したわけではなかったが、佐古路や佐倶路ら眷属が不思議な力を持っていることはよく理解していた。

「それにしても……」

佐倶路がぶすっとした顔を浮かべる。

「人とのまぐわいとは、なんともはしたなく下品であった。兄じゃは何故お前のような者を番となされたのか……」

眉間に皺を寄せ俯《うつむ》いて首を振った。

「み、見てたのかよ……っ！」

拓海は反射的に言い返していた。さっきから口調がタメ口になっていることにはっとしつつ、同時に、昨夜のことを今さらながらに思い出す。

「人には見えぬし聞こえぬが、眷属である我々は稲荷神の御前《ごぜん》で嫁取りの儀式としてまぐわいを行うのが習わしであるからの」

侮蔑の色が滲む金色の瞳を細め、佐倶路はそう教えてくれた。

「嫁取り……」

――オレ、佐古路と番に……なったんだ。

そういえば身体中のあちこちがみしみしと痛んで、倦怠感《けんたいかん》を覚える。喉も少し嗄れていた。

『拓海……これでそなたは、私のものだ』

激しい快楽の嵐に翻弄される中、佐古路が切なげに囁いた言葉を思い出し、拓海は頬を赤らめた。

大切な鍵を滝壺に捨てた拓海を、憎むことなく見守り続けてくれた、優しい佐古路。

彼が自分の身を顧みず拓海を思ってくれたように、これからは佐古路のために生きようと改めて決意する。

「……佐倶路様」

拓海は布団の上で正座すると、佐倶路にまっすぐ向き合った。

「オレの馬鹿な行動で、佐倶路様にもご迷惑をおかけしてすみませんでした」

言って深々と頭を下げる。

「きっとまだまだ未熟だと思うけど、オレ、これからは佐古路の鍵として、お稲荷様に尽くそうと思います」

覚悟を口にすることで、自分にもしっかりと言い聞かせる。

すると、佐倶路がまた溜息を零した。

「お前の……覚悟は、天守稲荷神にも伝わっておる。昨晩の奉納太鼓は……お世辞ではなく本当に素晴らしかった」

「……え」

思いがけない佐倶路の言葉に、パッと顔を上げる。

「ま、バチを放り投げたのは、いただけないが」

喜色を浮かべた拓海に、佐古路がチクリとひと刺しする。

「そ、それは……不可抗力ってやつで……」

やはり佐倶路には嫌われているのだな、と思うと遣る瀬ない。

「それぐらいわかっておる。ただ、お前の太鼓はわたしや稲荷神の琴線に触れ、震えが走るほどに感動させるものであったと、言っておるのだ」

「佐倶路様……」

手放しの褒め言葉に、拓海は目を瞬かせた。

「お前のことは、気に入らぬ」

佐倶路がそっぽを向いて、ぶっきらぼうに言い放つ。

「だが」

佐古路と瓜二つの横顔が、どこか照れ臭そうに見えるのは、拓海の気のせいだろうか。

「……佐古路が番として選んだならば、仕方がない。何しろ、お前は身をもって兄じゃの『鍵』となったのだからな。厭うてばかりもおれん」

渋々といった表情を浮かべるが、佐倶路が本心から拓海を嫌っているわけではないというのが、透けて見えた。

「とにかく……。お前のお陰で兄じゃ……佐古路は、天守稲荷神の眷属として、これからもわたしの隣でともにお仕えできることとなった」

佐倶路が狩衣の前身の裾《すそ》をぎゅっと握り締める。

「礼を、言う……」

拓海に向かって深々と頭を下げる佐倶路に声も出ない。

佐倶路が心から兄である佐古路を慕い、拓海に感謝していることがひしひしと伝わってきた。

「そんな……。頭を上げてください、佐倶路様。お礼を言わなきゃいけないのは、オレの方なんだから」

佐古路を助けたいと思うのに、なかなか決断できなかった拓海の背を押してくれたのは、間違いなく佐倶路だ。

自分がどれだけ佐古路を苦しめていたのか、佐倶路から聞かされなければ、奉納太鼓を叩こうとも、番になろうとも思わなかったに違いない。

「オレが鍵として佐古路のそばにいることになったからって、鍵を滝壺に捨てた罪は消えない。それでも、お稲荷様はオレを赦してくださった」

まだ確信があるわけではなかったけれど、尻の痣が消え、雨男でなくなったとしたら、やはりその恩に報いる必要があると拓海は思っている。

「だから、オレはたとえ『人ならざる者』になっても、罪を償って生きていかなきゃいけないって思ってます」

真剣に語る拓海の言葉を、佐倶路は静かに聞いてくれていた。

「そうじゃなきゃ、お稲荷様にも佐古路にも、佐倶路様にも、申し訳ないでしょ?」

上目遣いに佐倶路を見やる。

すると、佐倶路がまた面倒臭そうに溜息を吐いた。このままでは拓海の部屋が佐倶路の溜息でいっぱいになってしまいかねない。

「わたしを持ち上げたところで、何も出んぞ」

ツンとした態度は、佐倶路なりの照れ隠しなのだろう。

「ですが、殊勝な心がけに免じて、ひとつ、よいことを教えてやろう」

そう言うと、佐倶路がいきなり身を乗り出し、拓海の耳許に囁いた。

「眷属と番う人間は、人でなくなるわけではない」

「え」

驚く拓海に、佐倶路が目を細める。

「あやかしになるのでもない。変化《へんげ》が現れるのでもない。ただ、ゆるりとときが流れ、ゆるりと年を重ねゆくだけ」

拓海は自分が極端な思い違いをしていたことに気づいた。

「えっと、それは、年をとらないってわけじゃなく、ゆっくり年をとっていくということ?」

問い訊ねると、佐倶路が静かに目を伏せた。

「お前の親兄弟が生きている間は、人としての生活をまっとうすればよい。それでもお前が人の世で生きるのが辛いとなれば、見た目を変化させてやるくらい容易い」

「そうなんだ……」

——何も、変わらない。父さんや母さん、ばあちゃんのこと、悲しませなくてもいいんだ。

拓海はホッとして胸を撫で下ろした。

「だが、一族や顔馴染みの者の死を、ひたすら見て生きねばならぬ。死にたいと思うても、お前はもう稲荷神の許しがなければ死ぬことは叶わぬ」

「それは、いいんだ。大切な人たちを残して先に死んじゃうより、うんとましだ。それにオレには佐古路がいる」

きっぱり言い切ると、佐倶路が苦虫を嚙み潰したような顔をして、また、溜息を吐いた。

「フン、清々《すがすが》しい顔をしおって」

スッと身を引いて悪態を吐いたかと思うと、瞬く間に佐倶路の姿は消えてしまった。

「……えっ?」

拓海はキョロキョロと自室を見回した。

しかし、見慣れた六畳間に佐倶路の姿はない。

「もしかして、わざわざ教えにきてくれたのかな」

佐倶路なりの不器用な優しさに、面映ゆい気持ちになる。

佐古路と生きていくのなら、佐倶路とも仲よくやっていかなくてはならないだろう。

「まあ、本気で嫌われてるって感じじゃ、ないみたいだし」

気づけば、東向きの窓から、眩い光が差し込んできている。

——先は長いんだし。

身体に残る倦怠感と、言葉で言い表せない充足感に包まれて、拓海は晴れ渡った空を眺めた。


朝食を終えると、拓海は宿の仕事を家族に任せて祭りの後片付けに出かけた。

「いってきます！　送迎の時間には一度戻ってくるから」

家族に言い置いて、スニーカーを引っ掛けて駆け出す。

空は目を見張るほどの快晴。

雨が降る気配は、欠片も感じられない。

実は、朝起きてこっそり風呂場《ふろば》にいき、尻の痣が本当に消えたか確かめた。

佐古路の言葉を信じなかったわけではないが、やはり自分の目で確かめるまで不安だったのだ。

「……本当に、消えてる」

独特の形をした赤錆色の痣がきれいに消えているのを認め、拓海はちょっと泣きそうになった。

しかし、その直後、拓海は顔を真っ赤に染め、愕然となる。

「な、な……なに、コレ……ッ」

白く丸い尻に、いくつもついた歯形。それは、尻だけでなく、項や肩、胸や脇腹にも、数えきれないほど残っていた。

『拓海っ……、拓海っ』

脳裏に、佐古路との激しい情交が甦る。名を呼ばれるたびあちこちに鋭い痛みと甘い疼きを覚えたのは、佐古路に散々噛まれたせいだと、今になって理解した。

「……うわぁ」

今までも痣のせいで公衆温泉などは避けてきたが、これからも気をつけなければならないんだろうかと、少しだけ気が重くなった。

「このまま、雨が降らないといいけど……」

痣は消えたが、雨はどうだろう。

長い間トラウマとなっていたせいで、どうしても疑心暗鬼になってしまう。

小川を渡ってゆるやかな坂道を下っていくと、すぐ先に登校途中の陽介の後ろ姿が見えた。

「陽介！」

拓海が声をかけて駆け寄ると、学生服を着た陽介が満面の笑顔で振り返る。

春に戻ってきたとき、わざわざ訪ねてきてくれた陽介を邪険にしたことを謝りたいと、拓海はずっと思っていた。

「拓海兄ちゃん、おはよう！」

昔と変わらない人懐っこい笑顔に、一気に小学生の頃へ引き戻されたような気分になる。

「昨日の奉納太鼓、凄かった！　かっこよくて、なんかもう……すっごい感動した！」

陽介が落ち着きなく昨日の興奮を伝えてくれる。

「でも、失敗しちゃったしな」

バチを落としてしまったことだけが、拓海の心残りとなっていた。来年は絶対に、もっと上手く叩いてみせると密かに誓う。

「失敗？　そんなの全然なかっただろ。……ていうかさ、兄ちゃんが戻ってきてくれて、俺本当に嬉しいんだ」

並んで歩きながら、陽介が早口で捲《まく》し立てた。

「とにかく、昨日の太鼓は本当に凄かった。なんか昔の拓海兄ちゃんが戻ってきたみたいで、女子とかうっとりしてたんだぜ？」

まるで自分のことのように嬉しそうな陽介に、拓海は首を傾げる。

「いや、なんとか最後まで叩けたけど、やっぱりバチを落とすとか、あり得ないだろ？」

すると、今度は陽介が不思議そうな顔をした。

「何言ってんの？　バチなんか落とさなかっただろ。練習のときと勘違いしてるんじゃない？」

「……え？」

あんなに派手な失敗を、近くで見ていた陽介が覚えていないなんて……。

胸に湧き上がる疑念に、拓海は思わず足を止める。

「兄ちゃん？」

陽介が振り返り「いこうよ」と促した。

「……とにかくさ、俺、拓海兄ちゃんが町を出たの、あの秘密のせいだと思ってたから……」

再び並んで歩き出すと、陽介が申し訳なさに俯いて打ち明ける。

「何度も……大人に話そうって思ったんだけど、拓海兄ちゃんとの約束を破るわけにいかないって――」

「ごめんな、陽介」

鍵を折ったことを、陽介はすぐに反省し、天守稲荷神にきちんと謝った。

雨男になってしまったのは拓海の問題で、陽介に罪はない。

「お前だって、辛かっただろ？」

「ううん、俺はあんまり難しいことで悩む方じゃないし」

ニコニコと笑う陽介に拓海は救われる思いがした。

「あと、ずっと避けてて、ごめんな。なんか久しぶりに帰ってきたから、どんな顔して会えばいいかわからなかったんだ」

心のままを伝えると、陽介は「そんなの、いいよ」と昔と同じ笑顔で受け止めてくれる。

「それよりさ、俺も拓海兄ちゃんみたいに、太鼓叩けるようになりたい。マジでかっこよかった。尊敬する」

「そんなにやってみたいなら、教えてやるよ。太鼓が叩ける人が増えると、オレも嬉しいし、お稲荷様だって喜んでくれると思う」

「やった！　俺、真面目にやるから！」

はしゃぐ陽介の姿に、拓海は幼い頃の自分を重ねていた。陽介は素直だから、きっとあっという間に上達するだろう。

「なあ、陽介。お前、いつから『俺』なんて言うようになったんだよ」

「え、いいだろ。そんなのっ」

昔みたいに陽介と肩を組んで、ふざけながら歩く。

拓海はやっと、故郷に帰ってきたのだと実感していた。

「じゃあ、学校いってくる」

「あ、陽介」

天守稲荷神社の一之鳥居の前で、背を向ける陽介を呼び止める。

「あのさ、今さらだけど」

ほんの一瞬、逡巡して、拓海は口を開いた。

「鍵のことは、お互い一生の秘密にしとかないか」

すると、陽介がきょとんとした。

「今さら誰かに言えるわけないだろ。それに俺、拓海兄ちゃんと二人だけの秘密があるって、ちょっとだけ自慢に思ってるし」

「……馬鹿、何言ってんだよ」

相変わらず、拓海のことが大好きで堪らないといった態度の陽介に、思わず苦笑を浮かべた。

「あ、ヤバい　遅刻する！」

陽介がハッとして駆け出す。

「急げよ、いってらっしゃい！」

心の中の重しが、またひとつ軽くなった気がした。

陽介を見送ると、拓海は境内へ続く石段を駆け上がった。

心がすっきりと澄んでいるのを写し取ったみたいに、秋晴れの空が広がっている。

境内に足を踏み入れても雨が降らないことに、拓海はようやく、本当に雨降らしの業が祓われたのだと悟った。

「おう、拓海。昨日はご苦労さんだったな」

「親父《おやじ》さん譲りの、見事な太鼓だった」

舞台の解体作業や陣幕の片付けをしていた氏子中の人たちが、拓海を見るなり声をかけてくれる。

拓海はそれぞれに礼を言い、頭を下げながら、ふと皆が口々に語る話に耳をそば立てた。

「それにしても、昨夜の夢は、奇妙だったな」

「ああ、アンタもあれか、お稲荷様の夢見たのか！」

――お稲荷様の、夢？

拓海は手を動かしながら、氏子たちの話に耳を傾けた。

「もしかして、天守稲荷様の参道を、狐火がいくつも上っていく夢じゃないか？」

「ありゃ嫁入り行列だろ？　昔じいさんが言ってたの聞いたことある」

「ああ、月夜なのに雨が降ってたしな」

「ほらやっぱり、ウチのかみさんも同じ夢見たってんだから、驚きだろ！」

どうやら皆、昨夜同じ夢を見たらしい。

境内に集まっていた人々は、その夢の話題で持ち切りだった。

「しかし、妙なことだな」

「天守稲荷の祭りの夜に、町中で同じ夢を見るなんてなぁ」

まさか、とは思ったが、拓海はたまたますぐ近くにいた稲見屋の息子を呼び止めた。

陽介がさりげなく口にした台詞が、小さな棘となって胸に刺さっていたのだ。

「なあ、稲見屋の……」

「ああ、拓海もきてたのか」

稲見屋は拓海の顔を見ると、今までの態度が嘘みたいに馴れ馴れしく肩を組んできた。

「それにしても、お前。昨日の太鼓は凄かったな。昔から馬鹿みたいに練習してただけあったなぁ」

上からの物言いにはもう慣れた。怒る気もしない。

拓海は「ありがとう」と言って、肝心の疑問をぶつける。

「あのさ、昨夜の奉納太鼓のとき、オレ、失敗したの見てただろ？」

すると稲見屋が「失敗？」と首を傾げた。

「そんなことあったのか？　俺は太鼓の拍子をちゃんと知らねぇからわかんなかったけど」

やはり陽介と一緒で、バチを落としてしまった場面を覚えていない様子だ。

拓海は一《いち》か八《ばち》かの賭《か》けにでた。

「それじゃ、途中で……狐が現れた、のは？」

霧が立ち籠め、閃光が弾けると同時に現れた白狐の姿に、あの場にいた誰もが驚いていたはずだ。

「狐？　お稲荷様で狐って言えば、ほら、あそこの狐しかいないだろ？」

稲見屋は拓海を馬鹿にしたように睨んだ。

「お前、太鼓叩きながら興奮して、幻《まぼろし》でも見たんじゃないのか？」

「……そう、かな」

信じられなかった。

皆、拓海の奉納太鼓はよく覚えているのに、バチを落としたことも、佐古路が白狐となって現れたことも、まったく覚えていないのだ。

「くだらねぇこと言ってないで、さっさと片付けろよ」

稲見屋はそう言うと、丸めた陣幕を会所に運ぶ作業に戻っていった。

「……まさか」

驚きに呆気にとられつつ、拓海は記憶の隅に残る言葉を思い浮かべた。

『人の前に己の姿を晒すのは、眷属として一番の醜態です』

そして、想像を巡らせる。

「もしかして、佐倶路様が？」

兄想いの佐倶路のことだ。

拓海を助けるために咄嗟に本性を人々の前に現した佐古路を気遣い、人々の記憶から一連の出来事を消してしまったに違いない。

そして、抜け落ちた記憶の代わりに、同じ夢を埋め込んだのだ。

『見た目を変化させてやるくらい容易い』

そう言い放った佐倶路だ。佐古路の醜態を隠すため、人々の夢を操るぐらいのことはしそうだと思った。

「いや、それにしても、本当に不思議な夢だ」

「ウチの三歳の娘まで『きちゅねちゃんのゆめみた』とか言ったからなぁ」

「それに、随分ときれいな夢だった。目が覚めた後も、妙にいい気分でさ」

「いい夢を見た……っていう実感が、ほかの夢と全然違ったよな」

片付けを進めながら、相変わらず夢の話が絶えなかった。

そして、彼らは一様に幸せそうな笑みを浮かべている。

「……まあ、雨降って、地固まるって言うし」

町の人たちの笑顔が、拓海には堪らなく嬉しかった。


その後、夢の話は様々な方面に広がっていった。

町中の人が同じ夢を見た、というだけでもなかなかの話題性だったが、噂話《うわさばなし》というものは世間に知られるうちに尾ひれがつくものだ。

いつしか天守稲荷神社は霊験あらたかなパワースポットとして知られるようになり、町に多くの観光客が訪れるようになった。

【エピローグ】

秋祭りの後、拓海が不意の雨を降らせることはなくなった。

嬉しいことがあっても、楽しみを明日に控えても、突然、空模様が変わることは、もうないのだ。

その一方で、ネットや雑誌、口コミでご利益があると噂が広まった天守稲荷神社は、季節を問わず観光客が訪れるようになり、町にも活気が戻っていた。

「参拝者が増えたのに、壊れたままじゃお稲荷様も格好がつかねぇって話になってな」

ある日、氏子中の寄り合いから戻ってきた父が、拓海に教えてくれた。

「本殿とお狐様の鍵の修理、なるべく早いうちに取りかかることになったそうだ」

「そうなんだ。きっとお稲荷様も喜んでらっしゃるだろうね」

秋祭り以降、拓海は小学生の頃のように、朝と夕、毎日天守稲荷神社にお参りするようになった。笠居屋に宿泊しているお客さんとお参りすることもある。

家族や町の人々の平穏無事と、お稲荷様へのご機嫌伺い、そして佐古路と佐倶路への挨拶。

「今日もお参りいってきたのか」

「うん、朝はなるべく日の出に合わせていくようにしてる」

父と一緒に宿となっている母屋の台所に向かうと、祖母と母が朝食を整えて待っていてくれた。

「それにしても、拓海は近頃、随分と上機嫌だねぇ」

「……そう？」

雨降らしの業を負ったせいで、家族に心配や迷惑をかけてきた自覚があるだけに、いたたまれない気持ちになってしまう。

「そうよ。帰ってきてからも、あんまり口きかないし、表の仕事嫌がるし」

母が容赦なく言うのは、きっと拓海が変わってきたという安心感があるからだろう。

「まあでも、祭りの頃から、昔の悪ガキぶりが戻ってきたようだしな」

父が介護用の箸《はし》を使ってごはんを掻き込む。

「拓海が毎日笑ってりゃ、ばあちゃんはそれで幸せだねぇ」

祖母が静かにそう言うと、父と母が顔を見合わせて笑った。

「これからは、毎年奉納太鼓を叩くよ。氏子の仕事も手伝う。もちろん、宿の仕事もきちんとする」

拓海の宣言に、父は「当然だ」と言って味噌汁を啜り、母は「楽させてもらうわね」と笑い、祖母は黙ってにこにこしていた。

「あと……」

背筋を伸ばし、少し改まった態度で家族の顔を見回す。

「今まで心配かけて、本当にごめん。何も言わずにいてくれて、ありがとう」

テーブルにくっつくほど頭を下げた。

すると、父がコホンと咳払《せきばら》いをひとつした。

「いいからさっさと食え」

「すぐにお客様の食事の準備があるんだからね」

母が涙声で席を立つ。

祖母は、やはり無言で微笑んでいた。


仕事の休憩時間になると、拓海は庭から裏山に向かう。

「出かけるのかい」

庭の花の手入れをしていた祖母に呼び止められ、拓海は「うん」と頷く。

そのとき、不意に晴れた空から細い雨が落ちてきた。

「あれまあ、お天気雨だ。傘、持っていかなくて大丈夫かい？」

空を仰ぎ見る祖母に、拓海は「多分、すぐやむと思うよ」と答える。

「それにしても、なんだか優しい雨だねぇ。お稲荷様、何か嬉しいことでもあったんだろうか」

さらさらと庭の草木に降り注ぐ雨を、祖母が心地よさそうに掌で受け止めた。

「さあ、どうだろ」

クスッと笑いながら、拓海は「いってきます」と言って駆け出した。

雨降りなんて、外で遊べないし、傘をささなきゃならないし、何も楽しくない——。

幼い頃は本気でそう思っていた。

けれど、今は違う。

通い慣れた山道をゆくと、滝の音が聞こえてきた。

山の木々は少しずつ色を変え始めている。

浮狐の滝に近づくと、やがて雨が静かにやんだ。

「拓海」

岩場を下ると、突き出た岩の下で佐古路が待ってくれていた。

狐色の狩衣を着て、美しい銀色の髪を風にそよがせる。大きな三角の耳と、やわらかな尻尾が嬉しそうに揺れていた。

「今日もよいお天気ですね」

佐古路が待ちきれぬとばかりに拓海の腕を引く。そして、拓海を胸に抱いたまま岩場に腰を下ろした。

「さっき、お天気雨が降ったけどね」

佐古路に頬擦りされ、尾の先で顎下をくすぐられながら、拓海は意地悪く目を細めて肩越しに振り返った。

「オレの雨降らしの業は祓われたんじゃなかったの？」

すると、佐古路が拗ねたような顔をする。

「私が、そなたと会えるのが嬉しくて、つい……気を昂らせてしまうのですよ」

わかっているだろうに、と佐古路が赤褐色の瞳を向ける。

拓海は可哀想に思って、目で「ごめん」と謝った。

祭りの前まで、この滝壺で会うたびに雨が降ったのは、拓海の雨降らしの業のせいでなく、佐古路の感情の昂りが原因だったと知ったのは、つい最近のこと。

「そなたが自分のせいだと気に病むので、なるべく我慢していたのですが……」

途中ですぐにやんだのも、佐古路が気を遣ってくれたからだったのだ。

「じゃあ、さっきのも？」

優しい腕の中でくすぐったさに頬を熱くしながら問いかける。

「拓海、そなた少し、意地が悪くはありませんか」

佐古路がぎゅっと腕に力を込め、拓海の項に口付ける。

「んっ」

途端に肌がざわめくのを感じて、拓海は慌てて大声で叫んだ。

「佐古路、噛みつくの、禁止だから！」

佐古路と契りを交わして以来、何度か身体を重ねているが、その度に激しい情交に翻弄され、気づくと身体中に噛み痕が残っていた。

近頃、宿の客と野天湯に一緒に入ることも増えてきた拓海は、歯形を隠すのに苦労していたのだ。

「……よいではありませんか。そなたが私のものであるという証です。またどこの馬の骨ともわからぬあやかしに狙われては堪りません」

疑いようのない独占欲を突きつけられて、拓海は激しい羞恥に包まれた。

けれど、それが決して、嫌ではないのだ。

――オレもいい加減、浮かれてるな。

佐古路が、本当に好きだと思う。

人ならざる者として生きることに、すべての不安が払拭できたわけではない。

けれど、ひたすらに自分を愛し、寄り添ってくれる佐古路とともにあるのなら、どんな未来が待ち受けていようと幸せだと信じられた。

「歯を立てるのが駄目となれば……」

佐古路がそっと拓海の顎を捉え、無理矢理上向かされた。

「せめて、接吻《せっぷん》を……」

言ったそばから唇を塞がれ、長い舌で口腔を弄られる。

「う……ん」

ただ口付けるだけで、拓海は軽い酩酊《めいてい》を覚えた。

身体がふわふわして、身体も心も融けてしまいそう。

「……愛しているのです、拓海」

口付けを解くと、佐古路が耳許で囁いた。銀色の毛並みに覆われたやわらかな尾が、拓海の頬や肩を優しく撫でる。

赤褐色の瞳に見つめられ、拓海は「あ」と呟いた。

「また、雨……」

祖母の言葉が、甘く痺れる脳に響く。

『お稲荷様は嬉しいことがあると雨を降らせなさるんだ』

深まりゆく秋晴れの空の下、そぼ降る雨に打たれながら、再び二人は唇を重ねた。

狐火の夜

月のない夜、天守山《あもりやま》にシトシトと銀糸のごとき雨が降っていた。

墨を流したような薄闇の中、突如としてひとりの美丈夫が現れる。銀色の長髪を結《ゆ》わえ、狐色の狩衣《かりぎぬ》を身に着けた男は、雨を受けても何故《なぜ》か濡《ぬ》れる様子はない。

「兄じゃ」

麓《ふもと》の天守稲荷《いなり》神社の境内《けいだい》に凜《りん》とした声が響く。

「尾が出ておる」

声は本殿《ほんでん》の前に並んだ石造りの狐《きつね》のあたりから聞こえた。

「おや、私としたことが」

本殿に向かって左側の狐の前に立つ美丈夫の尻《しり》からは、大きな狐の尾が生えゆらゆらと揺れている。

「拓海《たくみ》と会えるかと思うと、どうにも気が逸《はや》ってしまって……」

美丈夫が赤褐色の瞳を細め自嘲的《じちょうてき》に微笑《ほほえ》むと、大きな尾は一瞬にして消えてしまった。

「……まったく、嘆かわしいことじゃ」

右側の狐のあたりで溜息《ためいき》交じりの声がする。

「あの小童《こわっぱ》と番《つが》ってからというもの、兄じゃはまるで腑抜《ふぬ》けてしまった。天守山の佐古路《さこじ》……と眷属《けんぞく》仲間からも畏れ敬われた兄じゃはどこへいってしもうたのじゃ」

するとと、美丈夫が足音もなく参道の砂利を踏みしめ、嘆息する右側の狐に近づき微笑んだ。

「そう言うな、佐倶路《さぐじ》。拓海のお陰で私の霊力は以前より増している。こうして気軽に顕現できるのも拓海あってこそなのです」

そして、石の狐の頭をそろりと撫《な》でた。

「それに、今宵はそなたが留守の間、私がひとりでこの一帯を守らねばなりません。それが叶《かな》うのは、鍵である拓海がいるからなのですよ」

「それぐらいのこと、わたしとて承知しておる！」

刺々しい声とともに、突如としてもうひとりの美丈夫が現れた。こちらは真っ白な長髪をして、黄金色の瞳を吊《つ》り上げている。

「兄じゃとこれからも天守稲荷神にお仕えできることは、何よりの喜びじゃ！　だが……っ」

もとよりきつく吊り上がった両眼をさらに上げ、佐倶路と呼ばれた美丈夫が舌を打つ。

「ああ、忌々《いまいま》しいっ！」

そんな佐倶路を、銀髪の美丈夫――佐古路がやれやれといった様子で見つめた。

佐古路と佐倶路は、天守稲荷神社の本殿前に並んだ狐の石像だ。本殿に向かって左側で壊れた鍵を咥《くわ》えているのが佐古路、右側の宝玉を咥えたのが弟の佐倶路。この社《やしろ》が造営されて以来、三百余年の間、天守稲荷神の眷属として仕えている。

ふだんは石像の狐として神社を守っていて、今みたいに人形《ひとがた》となって人前に姿を現すことは滅多になく、本性《ほんしょう》である狐の姿を晒《さら》すことも極端に嫌った。

ちなみにその本性だが、佐古路は銀狐で、佐倶路は白狐。見た目もそっくりな兄弟だ。

「もとはと言えば、あの小童が兄じゃの鍵を盗んだのが……っ」

「佐倶路、そろそろ出ねば約束の時刻に遅れるのではありませんか」

佐古路に促され、佐倶路が不満をあらわに舌を打つ。

「……よいか、兄じゃ。いくら力が戻ったとはいえ、人間と番ってあまり日も経っておらぬ。くれぐれも無理はせぬように」

佐倶路が心の底から心配そうな顔で佐古路を見つめた。

「心配せずとも、そなたが戻ってくるまでほんの二刻ばかり。拓海とともに、しっかり留守とご神域を守りますよ」

佐古路がにこりと微笑むと、佐倶路は何が気に食わぬのかツンとした表情のまま、くるりとトンボを切って宙へ舞った。

次の瞬間、佐倶路の姿が消え、代わりに白狐が一頭、真っ暗な夜空へ狐火を掲げて駆けていった。

月も雲もない真っ黒な空から、銀の細い雨がサラサラと静かに降り続いている。

「今宵は山二つ向こうの稲荷神のもとへ、我らが身内の者が嫁入《よめい》りするのです」

浮狐《ふこ》の滝の岩場で、佐古路はいつものように拓海を背後から抱き竦《すく》めていた。

「じゃあ、この雨は本物の『狐の嫁入り』なんだ？」

ドドド、と勢いよく落ちる滝の音に掻《か》き消されまいと拓海が声を張りあげる。

「そのように声を張らずとも、よく聞こえますよ」

「……あ、そう？」

優しく宥《なだ》めると、ちょっと恥ずかしそうに俯《うつむ》く。

そんな拓海を見ていると、佐古路はつい尾を揺らし、三角の耳をピクピクと忙《せわ》しく動かしてしまう。だらしがないと佐倶路に詰《なじ》られようと、拓海のことが愛《いと》しくて堪《たま》らないのだ。

「でも、お狐様が出かけることなんてあるんだ？」

突き出た岩の下、拓海がリラックスした状態で佐古路の胸に身を任せてくる。

「ええ。年に数度、眷属の寄り合いや、今宵のように祝言があるとき、神域を離れて出かけたりするのです」

数日前、佐古路は拓海との逢瀬《おうせ》の際「ともに留守居をしてくれませんか？」と乞《こ》うたのだが、その理由を話さないままでいた。

「嫁入り先までの道中、いくつかの神域をとおる際、その地を守る者が案内役を務めるしきたりとなっているのです。今宵、佐倶路はその役目を果たすため、出かけているのですよ」

「そう言えば、昔ばあちゃんに狐の嫁入り行列の話を聞いたことがある。霧雨《きりさめ》の降る夜中、田んぼの畦道《あぜみち》を狐火が列をなして進んでいく……とかって」

そう言って、拓海が祖母からお稲荷様にまつわる伝説を聞かされたと教えてくれた。

「本来、我らは人間に姿を見られぬよう、嫁入りの際にはまじないをかけるのですが、稀《まれ》にまじないが効かぬ者がいるのです。そういった者が偶然目にしてしまい、後世に語り継がれたのでしょう」

「へえ……」

拓海が感心した様子で頷《うなず》く。

「今、この町の者は皆、深い眠りについていて目を覚まさぬはず。そのまじないをかけるため、そして、佐倶路の留守を狙ってあやかしどもが悪さをせぬよう、鍵であるそなたとこうして留守居をする必要があったのです」

「こうしてるだけで？」

佐古路がにこりと微笑むと、何故か拓海はバツの悪そうな顔をする。

「これじゃ、イチャイチャしてるだけみたいじゃない？　また佐倶路様にお説教されそうだ」

「このようなことで叱《しか》られたりしませんよ。鍵であるそなたと触れ合うことで、より強い霊力を発揮することができると、佐倶路も承知しているのですから」

こうして自分に甘やかされることを、拓海が決して嫌がってはいないと察して、佐古路はこそりと嬉《うれ》しさを噛み締めた。抱き締める腕に力を込め、拓海の髪に頬擦《ほおず》りする。

「ふだんは佐倶路と二人で天守稲荷神の神域を守っています。ですが、今宵、佐倶路は案内役として力を注がねばならない。つまり佐倶路が留守の間、神域の守りは私がひとりで担うことになります。そなたと番って霊力を取り戻したといっても、決して気が抜けない。万全を期するためそなたの助けを乞うたのですよ」

きちんと説明してやると、拓海も納得した様子だった。

「ちなみに、嫁入り道中の提灯《ちょうちん》の灯《あか》りは眷属の力で具現化させたもので、その明るさもそれぞれの力の大きさで異なってくるのです」

佐古路の話に、拓海はすっかり夢中で聞き入っている。

「じゃあ、その灯りが狐火ってことか。……きっと、凄《すご》くきれいなんだろうな」

拓海は祖母からいろいろな昔話や伝説を聞かされて育ったらしい。中でも狐火の話が気に入りだと佐古路に教えてくれた。

「見てみたいな」

拓海がぽろりと呟《つぶや》いた言葉を、佐古路は聞き逃さなかった。

「嫁入り行列を、ですか？」

肩越しに顔を覗《のぞ》き込んで訊《たず》ねると、拓海がハッとした顔をする。

「や、あの、ごめん。無理だよね、今は留守番をちゃんとしないといけないし」

申し訳なさそうに愛想笑《あいそわら》いを浮かべると、絡んだ視線を外し俯いてしまう。

好奇心に駆られて我儘《わがまま》を口にしてしまったことを恥じているに違いなかった。

――なんと心根の優しい。幼い頃から何ひとつ変わっておらぬ。

まだ十歳にも満たない頃から、自分より他人を思い遣《や》っていた拓海の姿が、佐古路の脳裏《のうり》をよぎる。

込み上げる愛しさを無視することなど、佐古路には到底できるはずがなかった。

「では少しだけ」

拓海の耳にそっと囁《ささや》きかけると、佐古路は大きな尾で岩を軽く叩《たた》いた。

「え……?」

次の瞬間、拓海を抱えたまま、ふわりと宙に浮く。

「ちょっ……佐古路！　な、なにっ？」

佐古路の腕の中で拓海が驚きの声をあげるが、構わずに浮狐の滝の上空へと舞い上がってみせた。

滝壺《たきつぼ》が見る見る小さくなって、やがて樹々に覆い隠されて見えなくなる。さらに空を駆けていくと天守山の麓に拓海の自宅でもある笠居屋《かさいや》の瓦《かわら》屋根が見えてきた。

「凄い！　空、飛んでる！」

驚きつつも、拓海は歓喜の笑みを浮かべている。

怖がらずにいてくれたことに、佐古路はこそりと安堵《あんど》した。

「そろそろ、川向こうの道を行列がとおる頃です。近くにいくことはできませんが、空からそっと眺める分には構わないでしょう」

「留守番するって約束なのに、佐倶路様に叱られないかな」

「心配には及びません。ここからでもしっかりと気を巡らせています。それに、これから後もずっと私とともに生きていくのです。眷属の習わしに触れておくことは悪いことではないでしょう」

拓海がホッとした様子で抱き締めてくれる。

「やった！」

佐古路もお返しとばかりに、拓海の顳《こめ》かみに軽く接吻《せっぷん》を落とした。

ふと見やれば、東の山の尾根を越えて、淡いオレンジの光が近づいてくるのが見えた。

「拓海、ごらんなさい」

天守山の上空にふわりと浮かんだまま、東の方角を指差す。

「あ」

すると、ひとつだけに見えた光が、徐々に数を増やし、文字どおり行列となって進んできた。

「先頭のひと際明るいのが、佐倶路です。尾根を越えたところから西の山の麓まで、佐倶路が案内役を務めるのですよ」

ゆるゆると山を下ってくる行列の先頭へ目を向け、拓海がほぅっと溜息を吐《つ》いた。

小さく左右に揺れながら、オレンジというよりは黄金色の狐火が先頭をゆく。その光はなんとも喩《たと》えようのない美しさだ。

「さあ、ご覧なさい。嫁御《よめご》の籠です」

光の行列が山を下り、刈り入れの後、稲の天日干しも終えた田んぼの上を進み始める。

恐らく、拓海の目にもはっきりと一行の姿を捉えることができただろう。

行列の先頭には佐倶路。真っ白な狩衣を身に着け、手には提灯を持っている。

「……あ」

拓海が声をあげた。

佐倶路がふだんは決して見せない尾と耳をあらわにしていることに驚いたのだろう。しかも、大きな白い尾の先には、ゆらゆらと黄金色の炎が燃えている。

「あれが……本物の狐火？」

「そうです。我らが灯《とも》す炎は宿した霊力によって色も大きさも明るさも異なるのですよ。佐倶路の炎は美しいと評判で、嫁入り道中には必ず声がかかるのです」

拓海がうんうんと頷き、飽きる様子もなく佐倶路の狐火に見入っていた。

やがて長い行列の中心に、豪奢《ごうしゃ》な造りの籠が見えた。白装束《しろしょうぞく》の四人の担ぎ手によってしずしずと田んぼの上を進んでいく様子は、まさに嫁入り道中そのものだ。

「お狐様のお嫁入りも、人間と同じで神聖なものなんだね」

静寂の中、行列が遠ざかっていくのを見送りながら拓海が呟く。

その耳許《みみもと》へ、名残惜《なごりお》しさを振り払うように呼びかける。

「そろそろ、戻りましょうか」

「うん」

拓海が素直に頷き、佐古路の肩に腕を回した。

「ごめん、佐古路。オレの我儘のせいで、無駄な力を使わせたんじゃない？」

ほんの少し前まで無邪気な笑顔を浮かべていた拓海が、心配そうに上目遣いで訊ねてくる。

「本当にそなたは優しい子ですね。心配せずとも、そなたを腕に抱いていれば、この程度のことは朝飯前です」

自慢げに答えてやると、拓海が「だったらいいんだけど」とはにかんだ笑みを返してくれた。

「ですがやはり、佐倶路には、少し叱られるかもしれませんね」

「えっ！　叱られないって言ったじゃないか」

冗談交じりの会話に、二人顔を見合わせてクスクス笑った。

そうしてゆっくりと、浮狐の滝へと下りていく。

滝壺の岩場に下り立つと、佐古路はすぐに拓海を背後から抱き締めた。

「いかがでしたか？」

佐古路の尾に頬をくすぐられるのを楽しみながら、拓海が「とても素晴らしかった」と感動を伝えてくる。

「とても厳かで、神秘的だった。雨が降ってるのに雨音も、行列の進む音も聞こえなくて、なんだか映画を見てるみたいだった」

うっとりとした拓海の様子に、つい頬がゆるんでしまう。

「あと、佐倶路様が本当にきれいだったな。とくに……あの狐火。キラキラ光って眩《まぶ》しくて、けど、なんていうのか……優しい光でさ。ほかの狐火と全然違っててびっくりした」

行列の先頭を歩く佐倶路の姿を思い浮かべているのか、拓海が目を閉じる。小刻みに震える睫《まつげ》毛を見ていると、佐古路はなんだか急に胸がザワザワするのを感じた。

「それはよかった」

自分でもびっくりするような、冷たい声。慌てて大きな耳を左右に振り、拓海の頬へ鼻先を擦《こす》りつけた。

「贅沢《ぜいたく》言うなら、花嫁も見てみたかったけど」

「それは無理というもの。道中で嫁入り先の者以外に姿を見せることは禁忌とされていますから」

拓海が何か言うたびに、胸の奥に棘《とげ》が刺さるような痛みを覚える。そして、その棘は返す言葉に表れた。

「そなたと番《つご》うた祭の夜も、結界を張ったであろう？　あれも、契《ちぎ》りを身内以外の誰にも見せぬため」

「そうなんだ」

馴染みのない眷属のしきたりに、拓海がしょんぼりと肩を落とす。

仕方のないことではあったが、自分の言葉で拓海が傷ついたのだと思うと、途端に良心の呵責《かしゃく》を覚えた。

「あっ！　でも、あのとき佐倶路様が――」

何故かはわからないが、弟の名を聞いた瞬間、刺々しく冷たい感情が胸に込み上げた。

「佐倶路のことは、もうよいではありませんか」

耳許に囁いて、そのまま目の前にある可愛《かわい》らしい右耳をぺろりと舐《な》めた。

「わぁっ！」

突然の悪戯《いたずら》に、拓海が耳を手で覆い、佐古路の腕の中で身を捩《よじ》る。

「な、何するんだよ！　びっくりするだ……っ」

「静かに」

抗議の声を、佐古路は唇《くちびる》を塞《ふさ》いで呑《の》み込んだ。肩をきつく抱き、顎《あご》を捉え、そうして、甘い唾液《だえき》を味わいながら舌を忍ばせる。

「……んっ」

長い舌で口腔《こうこう》の奥をくすぐると、拓海が堪らず喉《のど》を開いて喘《あえ》いだ。眉間《みけん》に皺《しわ》を寄せ、閉じた眦《まなじり》にうっすらと涙が滲《にじ》む。

舌で口の中を弄《いじ》ってやると、降参とばかりに強張った身体《からだ》から力が抜けていった。そして、佐古路の胸を押し返そうとしていた手が、切なげに狩衣を握って縋《すが》ってくる。

くたりとなってすっかり身を預けてくる拓海の、衣服の裾《すそ》から忍ばせた手で背を撫で、ジーンズとかいう袴《はかま》の前を寛《くつろ》げながら、佐古路は啄《ついば》むような接吻を繰り返した。

「待っ……て、佐古路。急に……なに……」

佐古路の意図を察したのか、羞恥《しゅうち》と戸惑いに身を竦ませつつ、拓海が口接を解いて声をあげる。

「急なことではありません。私は常に、拓海のことを愛しく思っているし、いつだって腕に抱いていたいのですから」

まだどこか幼さの残る身体に手を這《は》わせながら、佐古路は再び拓海の唇を塞いだ。

「んっ……ぅ」

切なげに寄せられる眉《まゆ》を間近に見ていると、今まで意識したことのない乱暴な感情が生まれる。

拓海をずっとこの腕に抱きとめ、誰の目にも触れさせず、己《おのれ》のことしか考えられないよう縛りつけてしまいたい――。

「このように愛らしい姿を、ほかの誰にも見せてなるものですか」

独り言のように呟くと、佐古路は裸に剝《む》いた拓海の身体を大きな尾の上に横たえた。もうすっかり、拓海の服を脱がせることにも慣れ、そして、拓海が悦《よろこ》ぶことも会得している。

「佐……古路？」

とろんと惚《ほう》けた表情で見上げるのに、佐古路は苦笑で応《こた》える。

切ないくらいの恋情と、嫌悪したくなるほどの劣情を、どう拓海に伝えればいいのかわからなかった。

幼い頃から見守ってきた愛しい存在を、いつから己のものとして娶《めと》りたいと願うようになったのか、それすら意識する間もなく、拓海に惹《ひ》かれ続けたのだから。

「愛していますよ、拓海」

ただ、それだけで精一杯だ。

「……う、ん」

抱き締めると、拓海がそっと腕をまわして応えてくれた。

何があっても、佐古路の求めに応えようとする彼のいじらしさに、思わず涙が溢《あふ》れそうになる。

「そなたが、ほしいのです」

身勝手な欲望を口にすると、不安に押し潰されそうになる。

けれど……。

「うん、いくらでも……。オレは佐古路のものだから、好きなだけほしがってよ」

つまらない不安など、拓海はいとも容易《たやす》く払拭してくれる。

「オレも、多分同じくらい、佐古路がほしいから」

「……まったく、そなたには敵《かな》いませんね」

眩しい笑顔とともに告げられて、佐古路はまた、苦笑した。

本当に、どうしてこんなにも、愛しさが溢れて止まらないのだろう。

「ぁ、あっ……」

尾にしがみつき、淫《みだ》らで可愛らしい喘ぎを漏《も》らす拓海を見ていると、激しい興奮を覚える。

「さあ、拓海？　そのように尾を抱えられては、そなたを抱くことができないではありませんか」

滝壺で溺《おぼ》れた拓海を尾に包んであたためて以来、彼は佐古路の尾が随分と気に入った様子だ。抱き合う際には必ず「尻尾《しっぽ》、触らせて」と乞われる。

「う、ん……わかって……る、けど……っ」

佐古路の手指や唇、舌、そして尾の先で身体中あますところなく愛撫《あいぶ》を施され、拓海はくたりとなって恍惚《こうこつ》の表情を浮かべていた。下肢《かし》の間では細身の性器が健気《けなげ》に勃《た》ち上がり、すでに多量の蜜《みつ》を零《こぼ》している。

「すっかり美味《おい》しそうになって……」

意図せず、唾液が溢れ喉が鳴る。拓海の媚態《びたい》を見ていると、無性に噛《か》みつきたい衝動に駆られた。獣の本能が甦《よみがえ》るのか、劣情と同時に激しく食欲を刺激されるのだ。

「な、に？」

浅ましい欲望を拓海に知られずに済んだことにこそりと安堵しつつ、佐古路は自分が脱いだ狩衣の上へ瑞々《みずみず》しい裸体を横たえた。

「なんでもありません。ただ、拓海が愛しくて堪らないと言ったのです」

そう言って覆い被《かぶ》さりながら、拓海の性器に己のモノを擦りつけた。

「あっ！」

咄嗟《とっさ》に腿《もも》を閉じようとするのを押さえつけ、形の異なる性器をともに右手で握り込む。

先走った体液にまみれた拓海の性器と擦り合わせると、えも言えぬ快感が佐古路を襲った。

「んっ……」

腰《こし》の奥がぞわりと震え、尾がピンと張り詰める。

「あっ……あ、佐古路っ……」

拓海も強い快感を得ているようで、白い首を仰《の》け反《ぞ》らせて狩衣の上で身悶《みもだ》えた。無意識のうちにずりずりと背を滑らせて逃げをうとうとする。

佐古路はすんなりと伸びた脚に尾を絡ませて制すると、性器を扱《しご》きながら拓海の胸に唇を寄せた。

そこには、小さな紅色の突起があって、拓海が喘ぐのに合わせて震えている。

「んあっ……や、やめ……」

硬く凝《しこ》った乳首を口に含むと、拓海が鼻にかかった嬌声《きょうせい》を漏らした。そして佐古路の髪に指を滑り込ませ、絡ませて引っ張ったりする。

先を尖《とが》らせた舌で突起を捏《こ》ね、ちゅ、と吸い上げてやると、拓海が堪らないといった様子で胸を反らせ、甘い声をあげて悦んだ。

性器から溢れる体液の量も増え、佐古路の手をしとどに濡らす。

「あっ……あ、やぁっ……変に……なるからっ……ソコ、それっ……嫌だっ」

心地よい刺激も、過ぎると暴力になるのだろう。

全身を桜色に染め、陶然とした表情を浮かべつつも、目に涙をたたえて切なげに訴えてくる。

「頼むからっ……佐古路、もう……っ」

拓海が余裕なく震える指先で佐古路の肩を掴《つか》み、散々に嬲《なぶ》られて唾液にまみれた唇を戦慄《わなな》かせる。

「イ……きたいっ。だから……早くっ……」

上擦った声で囁かれて、手の中の性器がビクリと反応した。充分に硬くなっていたソレが、拓海の性器を弾《はじ》き飛ばさん勢いでブルンと震える。

「そのように……淫らな顔で煽《あお》らないでおくれ」

己を制するように呟くと、佐古路はそっと身を起こした。そして濡れそぼった手を二人の性器から放し、拓海の尻へと滑らせる。

「ああっ……」

小さく引き締まった尻の谷間の奥、きつく窄《すぼ》まった秘部に指先で触れると、拓海が恥ずかしそうに顔を背けた。

祭礼の夜、はじめて契りを交わして以来、もう何度こうして拓海を抱き求めたことだろう。拓海との情交は言葉に喩え難《にく》いほど甘美で、また濃厚な快楽を佐古路に与えてくれた。

それこそ、癖になるほど――。

想う者と身体を重ねることで、これほどの快感と感動を得られるとは、佐古路は少しも考えていなかった。

情欲に溺れるのは浅ましい人間だけで、まさか稲荷神の眷属である自身が、番うた相手にここまで見事に溺れるとは……。

「拓海……」

きつく閉じた窄まりを、先走りで濡れた指で念入りにほぐしてやる間も、拓海は愛らしく艶《つや》っぽい声で喘ぎ続ける。

「んっ……あ、あっ……佐古路っ……早く……も、イッ……きそっ……」

自ら腰を浮かせながら、拓海は勃起《ぼっき》した性器からとろとろと白濁した蜜を零していた。

眼下に晒された媚態に喉を鳴らし、佐古路も理性の限界を意識せずにいられなくなる。

「……拓海？」

三本、肉襞《にくひだ》に埋めていた指をゆっくりと引き抜くと、佐古路は拓海の先走りを手に取り、先端の尖った己の性器に塗りつけた。

「楽にしていなさい」

ともすればみっともなく息を弾ませてしまいそうになるのをグッと堪《こら》え、拓海の膝《ひざ》を抱えて腰を引き寄せる。岩の上を狩衣が滑る音が、不思議となまめいて聞こえた。

「……あ」

ひた、と先端を窄まりに添えると、拓海がハッとして息を詰める。

佐古路は背中を丸めて拓海の頬に唇を落とした。

次の瞬間、ほっと拓海が息を吐いたところを狙い澄まし、充分にほぐれて蕩《とろ》けた秘部を一気に穿《うが》つ。

「ツ――――！」

胸を仰け反らせるのを強く抱き締め、目の前の白い喉に喰《く》らいついた。

自制心など、ないに等しい。

「あっ……あ、あっ……あ」

勢いよく最奥まで穿たれ、拓海がボロボロと涙を零した。

「済まぬ、拓海っ……。そなたが……淫らに誘うから、自制が……利かぬのですっ」

「んっ……あ、まっ……まだ動……かなっ……。あ、ぁあ……んっ」

咽《むせ》び泣きつつも、拓海の性器は萎《な》えることなく、歓喜にうち震えていた。乳首はツンと尖ったまま佐古路に吸ってくれと訴えている。

「早くほしいと言ったのは、そなたでしょう……っ」

きゅうきゅうと肉襞に健気に締めつけられて、佐古路も腰を揺すらずにいられない。しっかと拓海の細い腰を抱えると、欲望のまま最奥を抉《えぐ》り、快楽を追い求める。

「ああ……っ！　あ、……はぁっ……んあっ……ああっ……」

拓海の背が狩衣から浮くほど腰を抱え、佐古路は深々と己を突き入れた。

「……拓海、なんと……狂おしい……っ」

目も眩《くら》むような快感に、背筋が戦慄く。拓海を突き上げるたび、尾が大きく揺れた。

「佐古……路っ、……んか、変っ……あ、あっ……大き……っ」

拓海が嬌声を放ちながら、繋《つな》がった部分を締めつける。

小振りな尻とは裏腹に、その内部は淫らに佐古路を締めつけ、啜《すす》り上げるように蠢《うごめ》いた。

「そのように……淫らな顔、私以外の……者には決して、見せては……っ」

拓海への強い愛情を自覚するにつけ、激しい嫉妬の炎を燃やすようになってしまった。

——独占欲など、縁のない感情だと思っていたのに……。

「さ……佐古路、佐古路っ……もう、駄……目っ」

拓海の腹の奥にある、もっとも敏感な部分を性器の先端で執拗《しつよう》に突くうちに、拓海がいよいよ限界を訴える。

「ええ、見ていてあげます……から、気を……やってしまいなさい」

本人には告げていないが、絶頂の瞬間、拓海が浮かべる恍惚の表情が好きだった。

律動はそのままに、拓海の性器を扱いてやりながら射精を促す。

「あ、あ……っ！　や、イクッ……イク——」

甘い声を弾ませ、やがて拓海が宣言どおりに精を放つ。

「アァ——ッ」

粘度の高い白濁が、濃い紅色の性器から迸《ほとばし》る。

佐古路は目を細め、宙に視線を彷徨《さまよ》わせる拓海の顔を見つめていた。

「……っ」

自分の胸に熱い飛沫《しぶき》が弾けるのを感じつつ、拓海の唇が戦慄く様を凝視《ぎょうし》する。どれほどの間、そうしていただろうか。

「……古路？」

ゼイゼイと胸を上下させながら、拓海が虚《うつ》ろな眼差《まなざ》しを向けるのに気づいた。

「な、に？」

絶頂の余韻が抜け切らぬのか、情欲を帯びた表情がなんとも色っぽい。

「いいえ」

拓海の色っぽい表情に見蕩《みと》れていたと覚《さと》られたくなくて、佐古路は再び律動を開始した。

「あっ……、待って、オレ……イッたばっか……で」

「私は、まだ、です」

繋がった部分が抜け落ちぬよう、佐古路の性器の根元はいまだに大きく膨れている。すべての精を放ってしまわない限り、根元は膨らんだままで性器が抜けることはないのだ。

「待っ……んあっ！　あ、ひっ……や、あっ……」

拓海の妖艶《ようえん》な表情と声に煽られ、佐古路は快楽を追うことに夢中になる。

理性の箍《たが》も外れてしまい、拓海の白い喉や尖った肩や扇情的に色づいた乳首に噛みつき、歯形を残してしまう。

「……ああ、拓海っ」

名を呼ぶと、興奮に総毛立つ。

拓海が流す涙を舌で搦《から》め捕り、味わって嚥下《えんか》すると強い甘みを感じた。

「……ッア、あっ……佐古路っ……ま、またっ」

白濁にまみれた拓海の腹を、再び硬くなった性器が律動に合わせてペチペチと叩いている。

二度目の絶頂を予感して、拓海が咽び泣きながら佐古路をほしがる。

「一緒……いっしょに、イ……こっ」

「……ええ、そなたの……望むまま――」

佐古路の目の前にも頂《いただき》が見えていた。律動がいよいよ激しくなり、言葉を発する余裕もない。

「……あ、あっ……も、オレ……ッ」

拓海が佐古路の肩を掻き抱いた瞬間、胸に飛沫を感じた。

そして、ほぼ同時に、佐古路も精を迸らせる。

「クッ……ぅンッ」

目の奥がジンジンと疼《うず》き、腰の奥から津波のような快感がせり上がってきた。

強く拓海を抱き締め、腰を震わせて精を放つ。

だくだくと夥《おびただ》しい量の精を存分に拓海の体内へと放ちながら、佐古路は目の前で喘ぐ頤《おとがい》に、かぷり、と嚙みついた。

「兄じゃ」

無事に嫁入り行列の案内役の務めを終え、天守稲荷神社に戻ってきた佐倶路が、開口一番、眉を顰《ひそ》めて声を荒らげた。

「いかがわしい匂《にお》いがプンプンしておる。おまけに、また尾と耳が出ておるではないか」

狩衣の袖《そで》で鼻先を覆い、佐古路をキッと睨《にら》みつけた。

佐古路が慌てて尻尾と耳をしまい、少しバツが悪そうに笑みを浮かべる。

「いや、佐倶路。お務めご苦労でしたね。そなたが留守の間、神域にもとくに問題はありませんでした」

すると、佐倶路が重い溜息を吐いた。

「まったく、何をしていたのかなど聞きたくもないが、兄じゃはあの小童のせいですっかり堕落してしまったようじゃ」

呆《あき》れ果てたとばかりに歯ぎしりして、佐古路を見据えて愚痴を零す。

「色恋に溺れ、眷属としての誇りもそのうち忘れてしまうのではないかと、わたしは不安でならぬ……。やはり人間などと番うたのは間違いだったのです」

「佐倶路、そなたは心配が過ぎる。今宵もきちんと拓海と二人……そなたの留守を――」

「いいや！　わたしが留守の間に乳繰り合《お》うておったくせに！　……まったく、忌々しい！　今からでもあの小童を喰らってやればよいのじゃ！」

佐倶路の怒りは鎮まる気配がない。

「そなたはまだ、自分以外の誰かを恋《こ》うることを知らぬから、そう言うのです。人間だとか鍵だからとか、そのようなことは関係ない。そなたも唯一無二の存在を得れば、私の気持ちがわかるはず」

佐古路が静かに佐倶路に歩み寄り、白い手を取ると膝を折って上目遣いに仰《あお》ぎ見た。

「そなたとて、拓海がまっすぐで優しい心の持ち主であること、幼い頃から知っておるではありませんか」

「そ、それはっ」

佐倶路が言葉に詰まり、ふいと顔を背ける。

佐古路と佐倶路、二人の兄弟は、稲荷神社の境内で遊ぶ子どもたちを見守ってきた。

拓海は同世代の子どもたちの中心的存在でありながら、決してガキ大将のような傍若無《ぼうじゃくぶ》人《じん》な子ではなかった。

「拓海がなんでもできるのは天才だからではなく、努力を惜しまないでいるから。負けず嫌いな性格で、どんなことにも真剣に取り組むからと、そなたもよく知っているはずです」

佐倶路が目を伏せ、唇を噛み締める。返す言葉がないまま、頷くこともできない様子だ。

「いつだったか、ゲーム……とやらで、拓海がほかの童たちを負かしてしまったことがあったでしょう？」

佐古路の問いかけに、佐倶路が小さく頷く。

それは、もう十年以上も前のこと。子どもたちは稲荷神社の境内で、当時流行《はや》っていたゲーム機を持ち寄って遊んでいた。拓海は見る見るうちに勝利を重ね、子どもたちの中で敵う者はすぐにいなくなってしまった。

ある日、いつものように子どもたちが境内で遊んでいるところへ、拓海も遅れてやってきた。しかし子どもたちは拓海に「拓海とやっても負けるから嫌だ」と冷たく言い放ったのだ。

翌日から、拓海はゲーム機を手にして外で遊ぶことがなくなった。ほかの子どもたちがするのを見ながら、差し障《さわ》りないアドバイスをしたりするだけになる。

「佐倶路、覚えていますか？　ほかの童にゲーム機はどうしたのかと訊ねられ、拓海が『壊れた』と答えたことを……」

佐古路も、佐倶路も、拓海が嘘《うそ》を言っているとすぐに気づいた。

負けたくなくて一生懸命に練習を重ねたが、自分が楽しくてもほかの子どもに嫌な想いをさせるくらいなら、身を引いて我慢することを選んだのだ。

「あまりにも他人の気持ちを思い遣る拓海を、馬鹿だ、阿呆《あほう》だと言っていましたが、その実、心の中では可哀想《かわいそう》に思っていたのでしょう？」

「……そのようなこと、わたしは覚えておらんっ」

佐倶路はそう言って、佐古路の手を払いのけた。

「今宵は疲れたので、休みます」

宣言するなり、姿を消してしまう。残ったのは、宝玉を咥えた狐の石像だけ。

その様子を、佐古路は苦笑を浮かべつつ見つめていた。

「ねえ、佐倶路。私は拓海が幼い頃より、あの優し過ぎる心をいじらしく、愛しく思うていたのです」

狐像に静かに語りかけながら、佐古路もスゥーッと姿を消す。

「いつかそなたにも、何より愛しく思う者が現れることを、祈っているのですよ」

月も雲もない、墨を流したような夜。

天守稲荷神社の境内は、清廉とした静寂の中、新しい朝を迎えようとしていた。

「磯でアメフラシを踏んづけちゃった受けに、アメフラシの祟りが降りかかるんです。お尻に紫色の痣が残って、めっちゃ強烈な雨男になっちゃうんですよ！　で、攻めは受けが踏んづけたアメフラシの身内で――」

「それは……どうしてもアメフラシじゃないとダメなんですか？」

最初の打ち合わせの際、あたためていたネタを嬉々として電話口で捲し立てた私に、担当さんは酷く困惑した声でそう問い返しました。

「お話としてはとてもいいと思うんですけど、アメフラシ……ってアレですよね？」

「はい、海にいるウミウシとかのヌルヌルしてそうな軟体動物です！」

「……ない、です」

「え、でも……（結構イイ線いってると思ってた）」

「雨男なんですよね？　他に雨から連想する動物とかではダメなんでしょうか？」

「あー。……狐とか？　お天気雨とか、狐の嫁入りとかありますよね。……で、受けはお稲荷様の罰があたるとか……」

「いいですね！　アメフラシじゃなくても凄く素敵なお話になるじゃありませんか！」

攻めが最初はアメフラシだったなんて、きっと誰も想像しなかったと思います。担当さんの却下と見事な誘導のお陰で、佐古路と佐倶路という美しい狐の兄弟が誕生したわけですが、いかに自分の発想がニッチなのかと思い知らされた次第です。

＊　＊　＊

改めまして、こんにちは、四ノ宮慶です。ルチル文庫様では「はじめまして」となります。「狐の嫁取り雨」楽しんでいただけたでしょうか?

今まで商業作で人外モノは書いてこなかったのですが、まさかモフモフだけではなく「嫁」という属性まで知らず知らずのうちに書き上げてしまったことに、実は本人が一番びっくりしています。

と言っても、書いている最中はとても楽しく、拓海の頑張りや佐古路の優しさ、佐倶路の不器用な思いやりの深さに、作者でありながらドキドキわくわくしていました。

そのドキドキやわくわくが、読者様にも伝わると嬉しいのですが……。

イラストを担当してくださった高星麻子先生。正直、作風のこともあってお仕事をご一緒できるとは思っていなかったので、担当様からお話を聞いたとき跳び上がるくらい嬉しかったです。個人的にこだわっていた部分まで丁寧に描いてくださって、本当にありがとうございます。佐古路と佐倶路の狩衣の柄や首飾りをきちんと描き分けてくださっていたのを見て、涙が出そうなほど感激しました。

アメフラシから狐に見事に軌道修正してくださった、前担当I様。アメフラシ、やっと形になりました！　その節は本当にありがとうございました。無事に形となった今作、楽しんでいただけたら嬉しいです。

そして、引き継ぎしてくださった現担当様。放っておくとあらぬ方向へ駆け出そうとする私の手綱をしっかと握り、今日まで導いてくださってありがとうございます。どうぞ今後もよろしくお願いします。

最後に、初のモフモフ、初の嫁入り（？）作品にお付き合いくださった読者様。よろしければご感想などお送りくださいませ。そして、また次のお話にもお付き合いいただけたら嬉しいです。

✦初出　狐の嫁取り雨……………書き下ろし
　　　　狐火の夜…………………書き下ろし

四ノ宮慶先生、高星麻子先生へのお便り、本作品に関するご意見、ご感想などは
〒151-0051 東京都渋谷区千駄ヶ谷 4-9-7
幻冬舎コミックス　ルチル文庫「狐の嫁取り雨」係まで。

幻冬舎ルチル文庫

狐の嫁取り雨

2016年6月20日　　第1刷発行

✦著者	四ノ宮慶　しのみや けい
✦発行人	石原正康
✦発行元	株式会社 幻冬舎コミックス 〒151-0051 東京都渋谷区千駄ヶ谷 4-9-7 電話 03(5411)6431[編集]
✦発売元	株式会社 幻冬舎 〒151-0051 東京都渋谷区千駄ヶ谷 4-9-7 電話 03(5411)6222[営業] 振替 00120-8-767643
✦印刷・製本所	中央精版印刷株式会社

✦検印廃止

ISBN978-4-344-83747-8　C0193　Printed in Japan